有一个地方，
到达之时我们将能拥有一切

［德］内斯特·T.柯利 著 李彦达 译

四川人民出版社

图书在版编目（CIP）数据

有一个地方，到达之时我们将能拥有一切 /（德）内斯特·T. 柯利著；李彦达译. -- 成都：四川人民出版社，2024.4
ISBN 978-7-220-13598-9

Ⅰ.①有… Ⅱ.①内…②李… Ⅲ.①长篇小说－德国－现代 Ⅳ.①I516.45

中国国家版本馆CIP数据核字（2024）第040388号

Copyright（2020）Nestor T.Kolee
Simplifies Chinese Edition arranged with Youbook Agency, China
本作品中文简体版由玉流文化版权代理独家授权。
四川省版权局著作权合同登记号：21-23-236

YOU YIGE DIFANG, DAODA ZHISHI WOMEN JIANGNENG YONGYOU YIQIE
有一个地方，到达之时我们将能拥有一切
[德]内斯特·T. 柯利 著　李彦达 译

出版人	黄立新	特约策划	王　月
出品人	武　亮　刘一寒	封面设计	末末美书
策　划	郭　健　石　龙	封面绘图	三　乖
责任编辑	陈　纯	版式设计	许　可
特约校对	陈雪媛		

出版发行	四川人民出版社（成都三色路238号）
网　址	http://www.scpph.com
E-mail	scrmcbs@sina.com
新浪微博	@四川人民出版社
微信公众号	四川人民出版社
发行部业务电话	（028）86361653　86361656
防盗版举报电话	（028）86361653
照　排	天津书田图书有限公司
印　刷	天津光之彩印刷有限公司
成品尺寸	130mm×185mm
印　张	9
字　数	122千
版　次	2024年4月第1版
印　次	2024年4月第1次印刷
书　号	978-7-220-13598-9
定　价	49.80元

■版权所有·侵权必究
本书若出现印装质量问题，请与我社发行部联系调换
电话：（028）86361656

献给：文森特和瓦伦汀
愿你们永远都能追随自己的梦想

目录 contents

- 001 引子
- 007 第一章
- 013 第二章
- 021 第三章
- 033 第四章
- 039 第五章
- 051 第六章
- 059 第七章
- 063 第八章
- 073 第九章
- 083 第十章
- 087 第十一章
- 093 第十二章
- 097 第十三章

105	第十四章
111	第十五章
121	第十六章
129	第十七章
133	第十八章
137	第十九章
149	第二十章
153	第二十一章
161	第二十二章
167	第二十三章
177	第二十四章
181	第二十五章
189	第二十六章
193	第二十七章

197	第二十八章
201	第二十九章
209	第三十章
221	第三十一章
227	第三十二章
235	第三十三章
243	第三十四章
251	第三十五章
257	第三十六章
261	第三十七章
265	第三十八章
277	尾　声

引子

这位少年是如此满怀骄傲。只见他骑在驴背上[1],引领着整支"沙漠商队"。其他孩子也坐在自己的毛驴上,跟着他前行。父亲为他报名参加了这次小小的骑驴观光游。这些毛驴的主人打量了他一下,就把他放在领头驴的背上。

于是大家就出发了,少年不停抚摸着自己的毛驴。这

---

[1] 骑在驴背上:"骑驴"在西方基督教文化中具有特殊的象征意义,骑驴是《圣经旧约》记载的传统习俗——在以色列古代传统中,国王在和平时期是骑驴的,毛驴成了国王在和平年代的座驾。后来耶稣也是骑着驴进入圣城耶路撒冷的,目的就是表明自己已应验《圣经旧约》的预言。表现这一场景的西方美术作品数量甚多。在《圣经》中亦有记载,例如:"牵了驴和驴驹来,把自己的衣服搭在上面,耶稣就骑上。"(《圣经·马太福音》21:7)(全书皆为译者注。)

支队伍在安达卢西亚①的旖旎风光中缓缓穿行而过,但一直领头的这位少年对风景几乎毫无兴趣,他的双眼一直看着自己的驴子。

当他们走到一半路程的时候,领头的毛驴突然停了下来。它低着头四处寻觅,然后开始吃起了草。少年开心地对毛驴说:"先好好吃一顿吧。"即使在毛驴休息时,他也没有停止抚摸。

不过,其他毛驴并没有停下脚步。在队伍里排第二位的孩子骑着毛驴与他们擦肩而过。在刚才走过的整段路上,领头少年始终走在这个孩子的前面,因此,他现在很高兴,自己终于有机会走在队伍最前端了。于是,当他经过少年身旁时,忍不住喜形于色。随后,队伍里第三个骑驴的孩子也超过了少年,然后是第四个、第五个……而少年还在不停抚摸他的毛驴。"稍微歇一会儿没关系,这是你应得的。"他笑眯眯地说。毛驴安安静静地大吃特吃,任凭其他

---

① 安达卢西亚:西班牙最南端的行政区,也是欧洲最著名的旅游胜地之一,气候温暖,被称为"阳光国度"。

同类从身旁经过。

终于,少年注意到其他孩子都在一个接一个地超过自己。第一个超过的孩子只是为自己走在前面而感到高兴,然而其他孩子却更为兴奋不已,因为少年和他的毛驴越来越落后,被甩到了队伍末端。于是,愉快的笑容先是变得冷漠,最后则变成恶意的冷笑。有些人甚至冷嘲热讽起来,还说了些很难听的话。

少年却对此无动于衷,几乎充耳不闻。即使看到这种情景,他也不怎么惊讶。他还是继续关注自己的毛驴,一直不停地轻抚它,鼓励它多吃点草。就这样过了很久,直到商队末尾的那个孩子也超过了他们。少年从这个孩子的脸上看到了些许怜悯之情。因为这个小家伙很清楚排在商队最后的感受。"后来者迟早会居上。"人们总是这样鼓励排在末位的小孩,不过,如今他早就不信这一套了。

与此同时,当队尾的毛驴超过他们时,少年的毛驴停止了吃草。它抬起头,迅速寻觅了一下商队,马上就恢复了前行的脚步。也许是少年不断的抚慰激励了它,毛驴开始按照自己的速度追赶起它的同胞。跟旅行开始时一样，它的步履比其他毛驴稍微快那么一点点，于是，他们开始一个接一个地超过那些孩子，当然，也包括那些毛驴。

此时此刻，孩子们脸上的表情各不相同。曾是商队末尾的小家伙看上去还很高兴——至少在整个旅途中自己没有始终排在倒数第一吧。其他孩子则先是流露出惊讶之色，然后逐渐充满了怨气与嫉妒。仍然排在队伍前列的孩子注意到少年渐渐追了上来，便展开了一场竞争。而少年也发现这些孩子都在努力"策马扬鞭"，试图加快速度，不让少年超过自己。

不过，最尴尬的要数目前的这位商队领头者：就在刚才他还喜形于色，而现在看到少年正在一点点赶上自己，他不禁怒火中烧。

终于，少年的毛驴重返商队的领头位置。在整个过程中，他始终没有停止抚摸自己的毛驴。而此时此刻，他最初的骄傲之情已经转化为深沉的爱。

第一章

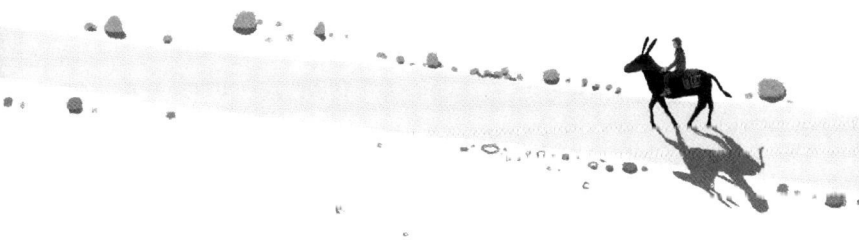

天空中下着蒙蒙细雨。细小的雨滴敲打着挡风玻璃。汽车行驶在西班牙的高速公路上，雨刮器擦拭着尘土飞扬带来的沙粒。污渍勾勒出一道道纹理。汽车驶入一片贫瘠的荒野，这是一片铅灰色的、湿漉漉的土地，汤姆此刻正开车穿行于此，但他迷失了方向。当然，他的人生中从来就没有过什么方向。

父亲在几个星期前去世了，从那之后的每一天，迷失感都在与日俱增。父亲是汤姆唯一的家人，如今他真的是无依无靠。终于有一天，他再也无法继续承受，他必须逃离，必须换个地方生活，这样也许会有所改善。可惜还是无济于事，汤姆一到马拉加^①就知道了。这种逃离只会让事情

---

① 马拉加：西班牙南部城市，位于安达卢西亚地区，是西班牙重要的交通枢纽，有马拉加太阳海滨机场。

变得更糟。因为虽然居住地变了,但那种迷失感仍然未变。

他租了一辆车,准备来一场说走就走的旅行。脑海中却始终盘旋着很多问题。他曾经想对父亲提出这些问题——想以此更清楚地了解自己,进而找到生活的方向。但是,死亡并不理睬这些问题,也不可能给出任何答案。于是,他躲开了所有人。那种空虚的状态就像汤姆现在穿行的这片荒地一样——这片位于西班牙腹地的不毛之地——正如汤姆的生活。

最后一个指向客栈的标识牌早就被甩得很远了。远离主干道之后,汽车开始驶入群山。汤姆突然意识到,当他决定转弯时,车里的燃料就已经不够返程了。不过,现在就算回去,又有什么意义呢?汤姆踌躇着。在一无所有的状态下生活,还有什么意义?他总是翻来覆去地思考着这些问题。如果父亲还活着的话,他肯定会给自己一个答案,而且肯定是乐观主义者的答案,因为只有最坚定的乐观主义者才能给出这方面的答案——哪怕生活本身犹如一潭死水。有什么意义呢?汤姆一想到这儿,不禁愣了片刻。这难道不是人生的核心问题吗?生活到底有什么意义呢?汤姆很想再向父亲提出这个问题,哪怕就一次。

他看了看副驾驶座位,那里放着他对父亲的所有记忆——一个很简朴的盒子,既不算太大,也不算太小。朴实无华,就像父亲的人生一样。盒子虽然没有打开,但里面装的东西历历在目。

盒子里装着汤姆的心灵之石,至少父亲总是这么告诉他。其实这是一块绿色的小水晶石。汤姆仍然清楚地记得父亲经常跟他说的话:这块石头可以保护你,只要你随身带着它,就会一切平安。汤姆的父亲一直声称这块水晶石是来自"翠玉石板[①]"的一个碎片。这块石板颇具神话色彩,根据古老的传说记载,石板上写着"世界之魂[②]"的秘密。汤姆

[①] 翠玉石板:传说中刻有《翠玉录》(*Smaragdine Table*)的祖母绿宝石板,是最早传入欧洲的埃及炼金术文献之一,包含十三条言简意赅的神秘箴言。其历史与起源众说纷纭。
[②] 世界之魂:传说中炼金术的术语,意指推动一切事物发展的基础,亦可作为自然宗教和泛神论的最高力量代称。

对此惊讶不已，一度将这块石头视若珍宝。然而随着年龄的增长，他越来越坚信：这块水晶石只不过是父亲当年在海滩上捡的一块碎玻璃片，然后洗刷干净而已。不过，他在小时候还是很相信这些魔法的，他感觉这块石头仍然散发着某种魔力——包括现在他思念父亲之时。水晶石像是有一种魔法，能让他偶尔还感到自己是有生命力的，因为这是父亲送给他的礼物。父亲深谙如何讲述世界的各种故事，而这些故事都已成真。汤姆好怀念父亲讲的那些故事，他很想父亲。汤姆思索着：父亲总能给生活赋予某种意义。

与此同时，雨越下越大，透过被雨洗刷干净的车窗，汤姆远远看到了主干道标识牌所指的那家客栈。这是一座古老而巨大的木头房子，位于山林斜坡的山脚下。从远处看，这座房子似乎被镶嵌在山岩之中。不过，当汤姆开车靠近时，才发现第一印象是个错觉。房子其实是紧贴着高山森林的石壁修建而成的，有一条泥泞不堪的木板路通向木屋。

当汤姆下车时，狂风开始怒号，雨更是越下越大，暴风雨呼啸而至。从下方远望，这房子让人感觉有些毛骨悚然，因为它看上去非常阴森，仿佛从遥远的古代穿越到了现代。可汤姆此刻已别无选择，至少房子里似乎还有些微光。终于，他浑身湿漉漉地站到了略为倾斜的房门前。汤姆犹豫了片刻，然后他发现房门上方的木头上刻有一个古怪的名字，于是忍不住想知道里面究竟有什么在等他。

第二章

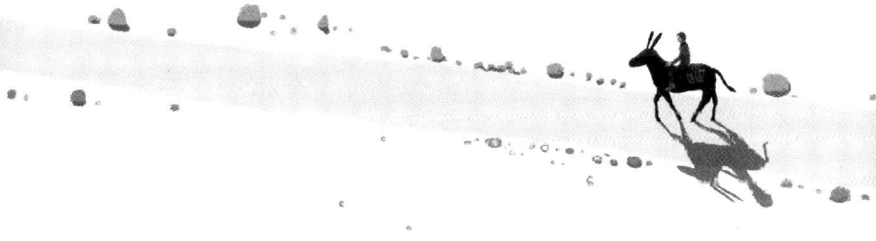

汤姆一进屋就感到高兴，因为木屋里非常暖和，很舒适。木屋的内部跟其外表给人的印象截然不同，一点都不阴暗，更像是一个被施了魔法的神奇空间。汤姆发现这是个很宽敞的大房间，中间还有一个巨大的铁碗，在天花板上固定着，悬垂在一个大火堆上。大铁碗散发出融融的暖意，温暖了整个房间。令汤姆惊讶的是，他并不是唯一的访客。房间四处坐着很多客人，他们边吃边聊。汤姆看了一小会儿，察觉到这是个非同寻常的地方。这个地方真是奇妙啊，他在心里嘀咕。今天是他有生以来第一次毫无目标或预定想法的出行，过去他可从来不敢这么做。毕竟生活中始终需要制订计划，确定目的地，否则肯定会迷失方向，他总是这么告诫自己。然而生活似乎有着自己的计划，人们如果遵循了，也无不可，汤姆看着这个古怪的地方想。

至于他是怎么来的，他始终是一头雾水。

"既然都到了这儿，又何必在乎是否迷失方向呢！"他理清了自己的思路。忽然，他的身边出现了一位身材矮小的慈祥老太太。老妇人友善地望着汤姆说："所有人或早或晚都会到这儿来的。"汤姆一时没听明白，老妇人对他笑了笑。"迷失方向的人都会寻找忘忧草。"她看了看汤姆，说。汤姆一下子回想起这个奇异的名称，"忘忧之地"——就刻在门上的木框里。不过，这个名称是什么意思呢？他看着老妇人，眼神里充满了疑惑。

"只需要耐心点，你就会明白的。不过，现在请先跟我来，你肯定饿了。"老妇人领着汤姆来到一张靠近大铁碗的小桌子旁。炉火很暖和，慢慢把他的衣服都烘干了。虽然这个地方对他来说仍然很奇怪，但他越来越有一种安全感了。当第一份饮料和食物被端上桌时，他想起了老妇人说过的话以及这个地方的名字。真奇怪，我还什么都没点呢，他稍微惊叹了片刻。随后他发现，自己已经好几个小时没吃东西了。于是他顾不上再提什么问题，忙着大吃大喝起来。终于又能填饱肚皮了,他很高兴。

"还合你的胃口吗?"忽然,老妇人又出现在了他身旁。汤姆看着她,脸上露出了唯有饥饿感消失之后才会出现的愉悦笑容。"味道好极了!我甚至还没点餐,它就自己出现了。"汤姆满足地说道。老妇人笑了笑,就像他们刚相遇时的那种微笑。"这个地方了解你所需的一切。"她说道,随即伴着这些话语,老妇人再次消失不见。还没等汤姆想明白她最后的那句话,老妇人随即重新返回。只见她带来两个盛满酒的纯陶土杯,与汤姆同坐在桌旁。

"此地的命名源于希腊神话中的一种饮品。"老妇人略停片刻,又娓娓道来,"忘忧草其实是一种药物,掺入酒中,即可去除苦痛、驱散烦恼,使人忘却一切疾病。此药乃是神明赐予的礼物。"汤姆目不转睛地盯着两个陶土杯,听老妇人继续讲述:"在此地,冥冥之中皆有定数,凡是寻至此地之人,皆可驱灾免祸。恐惧者可不再恐惧,生病者可重获健康,欣喜不已。"她再次略停片刻,然后意味深长地看了汤姆一眼说,"迷途者亦可被指点迷津,重寻道路。"汤姆明白她指的就是自己,于是询问究竟何为道路。老妇人接着又说了起来:"此地名为忘忧之地,因为地如其名,这儿确实是一个无忧无虑的地方。"然后,老妇人就陷入了沉默。

无忧无虑的地方,汤姆静静地沉思着。这难道不就是他前几天从家里动身出发时试图寻找的地方吗?一个也许可以结束苦难、忘记痛苦的地方。"迷失的人都会来忘忧之地吗?"汤姆再次问道。老妇人望着他,沉默地点了点头。"可是,我并不是故意来这儿的。我能到这儿,只不过是因为我看到了寻找避风港的最后机会。"老妇人又笑了笑。"可你还是来了,也许这就是根本原因。"她平静地说道。

汤姆指着杯子问:"这个我非喝不可吗?"老妇人指着他们的杯子说:"我们两人可以同时喝下去。当然这是你的个人决定,如果自己不情愿,那生活中就没有什么事是非做不可的。"到底该怎么做,汤姆一时有些犹豫不决,不过他很快就坚定了信心。他伸手拿起杯子,又问道:"喝了这个后会怎么样?"老妇人深深地看着他,表面仍然平静如水,说道:"所有烦恼都将从你身上一扫而空。"汤姆仍在思索。他还有什么可失去的呢！她不太可能给他下毒吧。实际上，他毫无理由去怀疑她。食物都很美味可口，她甚至还给他在火堆边找了个位子。房间里的其他客人看上去也非常友善，如果他们进来时也喝了杯子里的东西，那至少此刻看上去都安然无恙。说不定这种饮品及其神秘效果可能只是古人的幻想，或许这只是向客人表明的一种关爱。这里的每个人肯定都像他那样迷了路，毕竟这儿是远离人烟的地方。很可能什么都不会发生，最多喝完后睡上一觉，就能重新找到良好的感觉了。

当他和老妇人举杯畅饮时，似乎躲过了一个充满胡思乱想的不眠之夜。"我们为什么会聚在一起喝酒呢？"汤姆觉得自己才是那个最应该卸下烦恼包袱的人。"为了让你跟这个地方联系在一起。"老妇人告诉他。汤姆笑了，也许老太太只是喜欢喝酒吧。而且，他开始喜欢这位老妇人说话和观察世界的方式了。这让他或多或少想起了父亲，父亲总能通过讲故事来施展魔法。敬父亲，他边想边举起了杯子。老妇人也同样举杯致意，两人都一饮而尽。杯子里盛的实际上是葡萄酒,味道很甜,不过也略带苦味。汤姆像喝药一样,每次都是一口一杯,老妇人也喝得酩酊大醉。等再清醒过来时,已是起床时间。

"现在怎么办?"看到老妇人起身准备离开,汤姆问道。"我已经告诉过你,你的烦恼都会烟消云散的。"汤姆略感失望地看着老妇人。难道她仅仅是在跟他开玩笑吗?他对自己的愚钝感到有些恼火。老妇人又说道:"现在是睡觉时间,你的梦会为你指明方向的。"

汤姆听到这话,意识到自己上了老妇人的当,因为他从不做梦,他从小到大就没有做过一个梦。她说的话可能对其他客人有效果。也许,客人们每天晚上都会不胜酒力,不知不觉与她同床共枕,然后在第二天早上讲述各自的梦。不过,他心里很清楚:这一套说辞对他来说毫无作用,因为他根本就不做梦。汤姆几乎认定自己以后也不会做梦。老妇人仿佛读懂了他的心思,最后瞄了他一眼,语气严肃地说:"你今天晚上肯定会做梦的。"

第三章

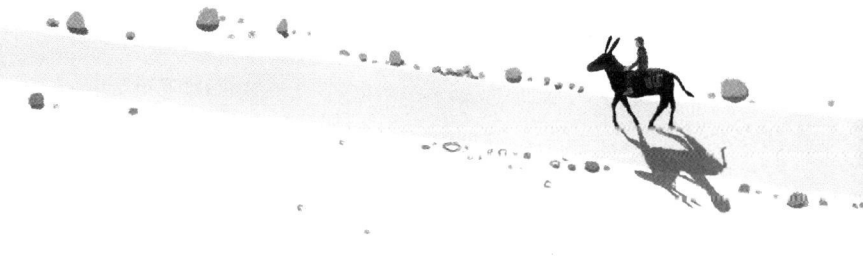

在遥远的沙漠里——在这个毫无时间概念的空间里，贝都因人①茵拉克希坐在棕榈树的树荫下等待着。

他已经等了很久很久，他深知，等待就是自己唯一的宿命。坐下来等待吧，直到有事发生，直到这片永恒的沙漠之海被某种东西搅动起来，直到永恒的昼夜循环、日月更替以及生活的有序起伏被某种东西打断，直到贝都因人的整个人生被改变——转为完成这项任务的那一时刻。他在这里坐着并等待着，就是最重要的任务。

贝都因人的直觉告诉他：这一时刻即将到来。他一直在观察沙子，他已经观察了很久很久。他的眼睛牢牢凝视着

---

① 贝都因人：以氏族部落为基本单位，在沙漠旷野过游牧生活的阿拉伯人。

沙子，仿佛完全沉浸在沙漠之中，以至于在某个时刻，他甚至都与沙漠融为了一体。他感受着每一粒沙子，感觉自己跟沙子紧密相连，仿佛每一粒沙子里面都蕴藏着一个充满生机的世界。每一粒沙子的小宇宙里，仿佛都隐藏着一个万事皆有可能的世界。唯有通过他的观察，或者——正如他一直认为的——通过他对沙粒的"视而不见"，他才能捕捉到在沙粒中发生的每一个细微动向。

今天，他再次感受到了某种迹象。在一颗细小的沙粒中——也就是这些小世界的一员中——远离地平线的位置上出现了某种迹象，这是正常人肉眼所无法看到的，但对他而言非常清晰可见。终于有事情发生了。地平线上有东西在移动，只是让人很难察觉。不过这种迹象是确凿无疑的，它肯定会继续运行。

"这个时刻再次到来了。"贝都因人心想，然后开始为自己的任务做准备。"任何事物一旦被质疑，就肯定会引发风波。"哪怕像一颗沙粒那么微小。不过，任何事物也只有通过细微的运动，才能实现一点点增大。看来形势是愈加紧迫了。为此需要竭尽全力才能找到答案，从而确保提问者不得不与他亲自会面。

这一次也是如此。当贝都因人刚刚察觉到地平线上的一颗细小沙粒有所移动时，沙粒就已经近在眼前了。一个影子从远方出现，这是一个友好而明亮的影子。当影子走近贝都因人时，根据其轮廓看，越来越像一个男人。

贝都因人不知道任何时间，事实上这个地方压根儿就不存在时间。面对每位为此惊叹不已的来访者，贝都因人都会和善地加以解释：此地早已从时间的幻象中解脱出来了——正如此地同样从空间的幻象中解脱出来。于是，那位打从在沙粒中第一次移动就让贝都因人期待的人，一下子就站到了他的面前。

"很高兴再次见到你，"贝都因人友好地打起了招呼，"对我来说，我们好像就在昨天才见过面。"当然，他对自己关于昨天见面的比喻只能报以微微一笑。那人惊讶地看着他："我是怎么来到这儿的？"他很想搞清楚。"你每次都这么问。"贝都因人回了他一句，和蔼地笑了。那人有些摸不着头脑。"难道我曾经来过这儿吗?"他问贝都因人,因为他自己确实什么都想不起来了。

"这对你而言确实难以理解,不过此地没有任何时间。因此你在过去、现在以及将来都始终属于这里,除非你不到这里来。"这就是贝都因人给出的唯一答案。那人大惑不解,贝都因人看在眼里,心中暗想:这些人一旦主动来这儿,都会有这种感受,不过,他还是决定稍微帮一下这位来访者,让他适应这个环境。"首先,尽量不要试图用理性思维去琢磨。最简单的办法应该是感受你现在的处境,感受当下这一刻。"那人虽然还是迷惑不解,但这些话语确实起到了镇定的效果。他不再绞尽脑汁去思考自己到底是怎么来的,于是最初的困惑有所缓解。他接受了自己身处此地的现实,就在这片沙漠之中,就在这个贝都因人的面前,既不知道何时开始或何时结束,也不知道自己在这儿干什么。

"我们可以开始了吗?"贝都因人温和地问。"从哪里开始?"那人反问。贝都因人示意他先坐下。那人看到一个又宽又扁的物体很神秘地摆放在小桌子上,而且几乎盖住了整张桌子。那个物体表面还盖了一块看上去价值不菲的华丽布料，因此看不到具体是什么东西。贝都因人把手放在布料上。"从哪里开始呢？"他重复那个人的问题，"我想，你之所以到这里来，正是为了寻求这个问题的答案。"那个人惊讶地望着他。是的，没错，就是这么回事。他一直有某种预感：自己有一个重要问题需要解答，一个前不久需要他面对的问题。同时，这也是一个过去完全隐藏在他生活之中、等着他解答的问题，如今，解答这个问题更是迫在眉睫。他不太确定自己能否准确想起是什么问题，也不清楚这个贝都因人是否听过他说的话。但是，贝都因人现在所说的这句话，又将他重新拉回现实。"这是个探寻生命意义的问题。这个问题关系到你在人世间的基本定位，而问题的答案则可以重新为你指引方向。"贝都因人看着那人的眼睛，意识到他现在终于想起了那个问题。

"那么，我们可以开始了吗？"贝都因人再次问道，同时指了指他俩面前盖着的那个物件，"我敢肯定，这次你一定可以更接近那个答案！我亲爱的阿拉金①。"那人用心听着。这是贝都因人第一次叫他的名字。不过那根本就不是我的名字啊，那人心中暗想，这时他看到贝都因人缓缓将布料扯到了一旁。

那人惊讶地看着布料撤掉后露出的物件。"这是一面'思想之镜'，"贝都因人凝视着那人说，"因此你才来到此地。"那人仍是一片茫然，不过他感到自己体内有一种奇特的感觉正在弥散开来。他没办法长时间盯着那面镜子看，而且还说不清是为什么。他只是飞快地扫了一眼，就掌握了镜子的基本状况。

这面镜子镶嵌在一个非常精美的镜框内，上面配有大量装饰物，看上去既有富丽堂皇的外表，又有一种返璞归真的特质。这是那种任何人都可能随身携带的镜子，有一种独特的寻常之美，几乎不引人注目。尽管如此，那人心

---

① 阿拉金：原文为 Ala K'in，与上文贝都因人的名字茵拉克希 In Lak'ech 合起来就是传说中的玛雅人的问候语"In Lak'ech, Ala K'in"，意思是"你即是我，我即是另一个你"。

中思忖，在装饰物和镜面花纹的华丽映衬下，这面镜子仍然是一件稀世之宝。

他尝试近距离观察这面镜子。神奇的事情发生了：镜子上的装饰物仿佛在用一种语言表达着什么。与此同时，说话声四散开来，镜子也开始逐渐变大。上面的符号愈加清晰，原来是某种文字。这些文字都是古老的智慧，是早已家喻户晓、深入人心的箴言。镜子的说话声遍及每一个角落，仿佛要钻入那人的耳朵里。"看看我们吧，阿拉金。"这个声音在低语。很快，阿拉金将视线从镜子上移开了。

"现在你想起自己的名字了吧？"贝都因人笑着问他。阿拉金第一次瞥见镜子时弥漫出的那种奇特感觉，逐渐减弱了他的困惑，并让他感到非常放松、愉悦。虽然他仍然对自己如何而来这个问题略感困惑，但现在他也接受了来到此地的既定现实，他的心情早已平静下来。尽管他始终不知道自己从何而来，但他对此已经毫不介怀。至于他在这个古怪的地方能做什么或该做什么，同样都不再重要了。重要的是珍惜眼前的这一刻。确切地说，就是他现在所处的这个时空，无边无际，无始无终，正如贝都因人曾经告诉过他的那样。

"我的名字就是你招呼我的那个。"他听到了自己跟贝都因人说话的声音，他已经平静地接受了"阿拉金"这个名字。目前感受到的这种平静状态，让他接受了眼前所有的一切。在他的内心深处，早已对自己的名字——以及万事万物的名称——毫不在意了。此刻对他而言，这些名称仿佛就像石头一样，初期看似坚不可摧，但或早或晚终将四分五裂。万事万物一旦被命名，就从自身原有的完美状态——也就是事物唯一真正存在的时刻——被剥离出来了。而此时此刻，阿拉金正处于这种完美的状态。

"从上次到现在，你已经学会了很多东西。"茵拉克希一边体察着阿拉金的心思，一边不无骄傲地说道，"记住你现在的心得体会。"阿拉金不无惊讶地望着他："什么心得体会？"贝都因人友善地望着他，继续说："你当下所处的这一时刻才是唯一有价值的时刻。造就此时此地的时刻，也可以消解此时此地。"阿拉金无法理解这些心得体会有何用途。

不过,当他注视着贝都因人,他明白了,贝都因人刚才跟他说的话,其实是想馈赠他一份礼物。这些话也许是一件武器、一件防护服或者一句抵御邪恶的神奇咒语。

"我怎样才能找到自己存在的意义呢?"阿拉金停了半响之后问道。贝都因人凝望着沙漠的远方。"对你而言,此地乃是某种试炼,"贝都因人心平气和地答道,"如果你通过此次试炼,即可找到你存在的意义。"他们就这样沉默地坐着,静观着沙漠。"你是说,我们曾经这样做过好多次了?"过了一会儿,阿拉金问道。"没错,我亲爱的阿拉金,我们确实这样做过好多次了。"贝都因人重复说。"那么结果如何呢?"贝都因人略带狡黠看着他:"每次的结果总是不同。""也就是说,我曾经通过了试炼?"阿拉金现在迫切地想知道。"有时候通过了,但有时候又没通过。你有一次确实找到过生活的意义,但另一次你甚至压根儿就没去找。"阿拉金没听明白:"怎么会这样?""是的,每次的结果都不尽相同,生活本身就是变化无常的。"说罢,贝都因人略停了片刻,然后又徐徐说道,"其实,每次你到来之际,存在的意义都会默示给你。"他稍微定了定神,继续说道,"不过,我有一种很不错的预感,这次你肯定能取得前所未有的进展。"他友好地望着阿拉金。"我们能不能试一下?"贝都因人耐心地问他。

阿拉金沉默了片刻,他思考着贝都因人对他说的话。尽管他并不确定自己是否理解这一切,但镜子里稍纵即逝的一瞥让他有一丝愉悦的感觉,由此战胜了自己的疑虑。于是,阿拉金的心情从这一刻起就变得笃定而充实,他问贝都因人:"我该做些什么?"

"你必须学会独立思考。"贝都因人用和蔼的口气朗声说道,同时指了指那面镜子。当阿拉金朝镜子里窥探时,却看到了前所未有的奇异现象。镜子里出现的是一个骑驴的少年。

第四章

汤姆始终惊魂未定。他直挺挺地坐在床上，绞尽脑汁地想理清头绪。屋外仍然是狂风暴雨在肆虐，他慢慢想明白自己在哪里了。他一直都在忘忧之地——一个无忧无虑的地方。在与那位老妇人进行过古怪的谈话之后，他被带到了一个房间，然后在床上倒头便睡。那杯饮品让他昏昏欲睡。这些都是一个梦吗？当一道闪电忽然照亮房间时，他仍然晕头转向，无法全部回忆清楚。汤姆快速看了看床对面挂着的镜子，不禁吓了一跳。现在他终于想起来了，自己一直都在做梦。几十年来，他第一次开始做梦了，正如那位老妇人所说的那样。当他努力想把一切来龙去脉弄清楚时，困意再次袭来，他又昏昏沉沉地睡着了。

第二天早上，等他一觉醒来时，屋外已是阳光照耀，小鸟啾啾，汤姆感觉自己正处在全世界最祥和的地方。当他走下楼，回到那个有大铁碗的房间时，他感到自己有生以来从未如此神清气爽。

有些客人已经在大厅里享用早餐了。汤姆重新坐到了自己的桌子旁。此时炉火已经熄灭，不过，灿烂的阳光从窗户照进屋子，早已把房间晒得暖融融的。这个房间不再像昨晚那样充满了魔力，而是焕发出一种平和的魅力，这种平和感染了汤姆。老妇人说得没错，这个地方确实可以让人摆脱烦恼。

和上次一样，食物和饮料还是自己出现的。汤姆看着这些美食的搭配，不禁感到非常高兴：新鲜的鸡蛋配脆培根、金黄的吐司，一个配有火腿、辣椒和蘑菇的煎蛋卷，此外还有带蜂蜜和水果的华夫饼，以及新榨的橙汁和热咖啡。谁能吃这么多啊！汤姆美滋滋地想，这些美食很符合自己的口味。

在吃早餐的时候，他又想起了那个梦。那真是个奇异的梦。汤姆甚至无法确定那是不是一个梦，因为他早已想不起做梦是什么感觉了。也许我们必须依靠梦想才能活下去吧，他忽然想到。人生道路只有在梦想中才能启程，他对自己产生这些想法感到有点惊讶。这是昨晚收获的心得体会吗？汤姆无法解释。但就目前而言，他已经完全接受这个地方了，并且感觉很平和。在家里的时候可与现在完全不同，那时候他只知道工作。其实那份工作并不算太差，毕竟解决了自己的生计问题。确切地说，汤姆过去从来没细想过这个话题。正常情况下，工作是他生活的一部分，就像他住的房子、他生活的城市，以及他有生以来做过的所有事情。但是，自从父亲去世之后，这种日子就不再正常了。他的日常生活因此逐渐脱轨，他的工作以及所有其他事务都失去了支柱。正是在这一时刻，他前所未有地迫切需要生活的支柱。只有这样，他才能拯救生活中溃败的一切。

那个念头是突然闯入他生活中的，就在父亲去世的那一刻，深藏在内心深处的一个低沉的声音提醒汤姆：这样的生活该结束了。这个声音在他耳畔喃喃低语，仿佛是他日常的伙伴，日复一日——一次又一次——向他展示生活的本质。展示得越多,他的生活就越糟糕。昨天他还在默默完成的事情,到今天就已经成为必需的义务。他此前稀里糊涂做的事情,如今都需要质询是否有意义。对他而言,如果想在生活中试图寻找魔法的话,也许只能依靠那块绿色小石头,以及他对父亲的回忆。可以肯定的是:这种魔法早已成为往事,再也不会回来了,而正是这一事实一点点吞噬了他原有的生活。吞噬的力度是如此之大,以至于他最终不得不选择逃离。只有忘忧之地——这个无忧无虑的地方——让他长久以来第一次重新感受到了平静。

"我是不是承诺得有点太多了?"那位老妇人出现在他旁边,脸上带着慈祥的微笑。今天的她看起来与昨天判若两人,再也不是那个躲在魔法小客栈里的瘦小干枯的女巫了,而是一位娇小可爱的老仙女,用她的魔法棒让阳光普照大地,让梦想成为现实。汤姆很高兴再次见到她,内心深处有一种依恋。于是他赶紧问她,自己做的那个梦到底是怎么回事。"我只能为你驱散烦恼,"她笑盈盈地看着他说,"我并不能解读你的梦。"

老妇人走了一会儿之后,这家客栈的老板来到他的桌旁。在此之前,汤姆几乎没注意到这位老板。前一天晚上就是他给汤姆安排了房间,并提前付清了住宿费。他凑到桌子前,低声对汤姆说:"离这儿不远有一位解梦师,他能帮你理解自己做的梦。"

第五章

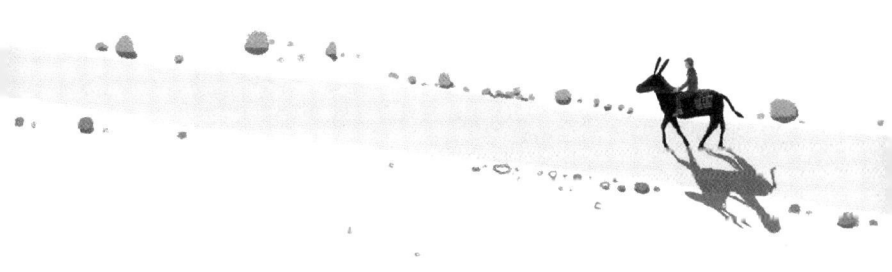

汤姆沿着一条小路登上更高的山峰。是客栈老板给他指的路，走出小屋不远就可以登山了。"这位解梦师在山上生活了好多年，也许比这个地方更久远，"老板告诉他，"任何时候做的梦他都一清二楚。早在忘忧之地出现之前，他就已经在那儿了。"老板为什么对这位解梦师的能力如此确定，汤姆很想知道。"因为我做的梦就是由他解释清楚的，"老板回答汤姆，"没有解梦师，也许就没有忘忧之地。"

汤姆走了很久才到山顶。这条路崎岖又难走，汤姆边走边回想自己做的那个梦。在一片永恒的沙漠里，他遇到了一个贝都因人。那人向汤姆承诺，将为他揭示生活的意义。他还用一个古怪的名字称呼他，并且要求汤姆通过一次试炼，才能告诉他生活的意义。可没等他开始，梦就醒了。不过，他还记得一些内容。有一个骑驴的少年出现在那面思想之镜中——这个名称是贝都因人为那件物品起的。"你必须学会独立思考",这是汤姆所能想起的贝都因人说的最后一句话。这可真是一个奇怪的梦,汤姆对此完全无法理解。

当客栈老板向他介绍解梦师的时候,他其实有些犹豫,自己真的需要某种解释吗?不过,老板又告诉他,曾经有两批人来过忘忧之地,其中一批人在这儿住的时间很短,也做过梦。他们享受了这个地方带给他们的内心安宁。他们为自己做过的梦感到高兴,但不明白具体含义。后来,他们不知什么时候就离开了忘忧之地,同时也带走了他们的梦。他们像孩子一样重返自己的成年人生活。"有些人再次遇到了烦恼,而有些人却没有。但是,随着时光流逝,所有人都忘了自己的梦想。"老板告诉他,"他们唯一记得的就是一种偶尔会带来忧伤的感觉,毕竟曾经有过一个梦想,也许值得去追随。"当汤姆询问另一批人的情况时,老板只是干巴巴地说:"他们去找解梦师了。"

当汤姆走完最后一米路程的时候,解梦师正站在一座小山上。汤姆马上就认出了他,尽管过去他从未见过此人。解梦师看上去通体雪白。汤姆问他,是什么驱使人们来到山上的。"是他们的梦,"眼前这位睿智老人发出洪亮的声音回答,"是人们自身蕴含的力量,不断驱使他们来找解梦师。"汤姆很想知道为什么,可他踌躇着不敢问了。他非常尊重这位解梦师。如果说那位慈母般的矮小老妪像温暖的大地一样让汤姆觉得踏实,那么眼前这位则让他感觉自己仿佛在面对一位守护者,并且对方只为那些被证明有价值的人指点迷津。我肯定算不上有价值的人吧,汤姆暗想。不过他很谨慎地保持了沉默,因为解梦师还在继续循循善诱:"这些力量需要被释放出来。然而,大多数人并不清楚如何去实现,他们只知道怎样封闭自己的梦想。"

"如果我知道的话,我肯定会说出自己的梦。"汤姆忍不住脱口而出。解梦师用严厉的眼神盯着他,随即又沉默了半晌。"可你明明一清二楚,你怎么会不知道呢?"他忽然开口,同时指了指汤姆的衣袋。汤姆露出了惊讶的表情,随后他摸了摸外衣,不禁耸了耸肩。这个人不可能知道这些啊！他不由自主地把手伸进了衣袋，握住装有水晶石的小盒子，这个盒子是他下车时放进夹克的，自始至终都随身携带着。他肯定是观察到我随身带着某种东西了，一定是鼓鼓囊囊的衣袋向他泄露了秘密。汤姆变得疑窦丛生。也许他就隐藏在客栈老板的房子里吧，此人说不定在昨天晚上就注意到了汤姆精心保管的这个小盒子。客栈老板很可能一直在猜测里面是什么宝物，于是把汤姆诱骗上了山，好让此人夺取宝物。他肯定是想骗我。

但这位智者只是说："你一定要把你的水晶石视若珍宝，因为它早已知道你的道路通向何方。而正是它将你带到此地的，并将继续引领你前行。现在请随我来。"说罢就转身而去，走到生长在峭壁上的一棵古老柏树下。汤姆跟随解梦师慢慢行走，脑子里突然闪过一个念头：此人怎么知道盒子里是块水晶石？自从他在父亲临终的床上发现这个小盒子，汤姆很少打开。"送给汤姆"——盒子上有张小字条，这几个字是父亲的笔迹。父亲一定是意识到自己将不久于人世，提前为他准备好的。汤姆打开盒子看到水晶石，忍不住悲从中来，泪水夺眶而出。所有关于童年的回忆，所有关于他与父亲的联系，以及父亲竭力想同时成为好爸爸、好妈妈的努力——因为他们没有其他亲人了，所有来自最久远岁月的尘封往事与奇迹仿佛都在这一瞬间凝结在这块绿色小水晶石上，那画面仍然历历在目。也正是在这一刻，汤姆的世界崩溃了。当他手里握着装有水晶石的小盒子时，他感到周遭的一切都在分崩离析，他以往生活的所有假象瞬时被扯碎。那个他曾经认真演出的舞台就像一缕微风一般，随着盒子打开的一瞬间彻底烟消云散，唯一残余下来的就是纯粹的迷失感。来这儿之前，汤姆几乎找不到自己的人生方向。其实解梦师说得一点没错，是他的水晶石把他带到此地的。问题是对方是怎么知道这一切的？

"坐到树荫下，"解梦师指着那棵老柏树说，"我需要听风。"汤姆坐了下来，但不知道现在该做什么。他甚至还没跟这位解梦师讲述自己的梦。或者说他已经知道了，就像他知道汤姆带着自己的水晶石那样吗？

"和我讲一下你的梦吧。"老人开始催促他了。于是，汤姆就描述了沙漠和贝都因人。他还讲到了贝都因人声称的试炼以及对生活意义的揭示，同时还说起了思想之镜以及他在镜中看到的画面。然后，他复述了贝都因人提出的要求："你必须学会独立思考。"当他描述完这一切之后，他发现解梦师已经默默地看了他好一会儿。山巅上的风匀速吹拂着，只听见柏树被吹得沙沙作响。

"你能解释一下我的梦吗？"汤姆很想知道。解梦师再次沉默了许久，然后说道："这是一个格外难懂的梦。大多数梦与之相反，都比较单纯。那些梦之所以单纯，是因为都是完整的，表达了明确的信息。而你的梦还没有做完，这个梦还没有揭晓你需要知晓的一切秘密。这是一个还没做完的梦，属于非常罕见的现象。"汤姆思考着他听到的这些话。"那你就不能帮我了？"他惴惴不安地问，同时不由得心灰意冷起来。如果自己的梦是如此复杂，那他又该如何找到生活的意义呢？"首先我们必须谈谈我的报酬问题。"老人忽然严肃地说。这时汤姆才想起，自己压根儿就没跟解梦师谈过他的服务费。不过，此人说话的方式又让汤姆满腹狐疑起来。他肯定是贪图我的水晶石。无论他是怎么发现的,他肯定认为这块石头非常值钱。不过,也许那确实是一块古董级的水晶石——就像父亲一直认为的那样。

"你想要什么?"汤姆直接问这位智者,他满脸严肃地看着解梦师。而解梦师只是微笑着说:"我暂时还不知道。不过,等你做完梦之后,我会告诉你的。按照我多年的规矩,你必须发个誓:无论我向你索要什么,你都务必予以满足。"汤姆迟疑了片刻。"如果我不再做梦了怎么办?"他最后问。"那我就拿不到报酬了,而你将永远是一个寻找者。"解梦师简明扼要地答道。

此君现在开始自欺欺人了,汤姆暗想。如果我不喜欢他说的话,我就再也不做梦了,当然也不需要给他任何报酬。即使我又做了一个梦,我也犯不着跑回来跟他讲述。反正我也没什么可吃亏的。解梦师打量着汤姆,似乎早已看穿了他的心思。他显然还保留着旧世界造成的猜忌之心,解梦师分析着眼前这个人,他还有一段艰难的旅程要走啊。他停顿了一小会儿。这种旅程通常是由于某人的去世才开始的，每次都是如此。如果是死者让人踏上旅程，那他肯定会来这儿，并且要求获得自己的回报。不过，他并没有向年轻人透露这些。有时候，当我们对旅程中将要发生什么一无所知时，也许更好一些吧，解梦师想。否则的话，我们很可能根本就不会踏上旅程，即使我们在旅程的尽头可以实现目标。

"我同意。"汤姆对老人说，"现在请告诉我吧，我的梦是什么意思。""那你必须先发个誓。"解梦师提出了要求，汤姆发誓说这是为了缅怀父亲。解梦师陷入了沉默，再次观察起柏树。这时风速已经有所减缓，风吹的声音宛如耳语一般轻柔。虽然风声几乎不可闻，但这位智者还是清楚地听到了轻风告诉他的信息。他边听边笑，他再次听到了汤姆在描述梦时用过的话语。风一直吹拂着他，现在又开始在解梦师的耳畔沙沙低语起来。风吹的声音越来越微弱，很快就只剩下一言半语的低诉。当解梦师听到这几句喃喃风声之后，风就完全停了。最后那些话语在他的头脑中回荡着，就像群山之间恬静的回声。"我现在知道你的梦告诉你什么了。"他随后说。汤姆满怀期待地望着解梦师。

"小心为妙,"解梦师深深地看着汤姆的眼睛说,"你的梦只是一段漫长旅程的开端。你要始终牢记我现在告诉你的话,这只是你人生道路上的第一步。"汤姆点点头。"最重要的是,不要追随他人的梦。"汤姆其实并不太明白,毕竟,他还没开始做其他的梦。"一旦出现还没做完的梦,就很容易让人失去耐心。"老人继续说道,"如果你没有提高警惕的话,很快你就会追随错误的梦。你会把他人的梦当成自己的梦。在你恍然大悟之前,你将过着错误的生活方式。陌生人的梦将导致你远离自己的人生道路。"老人停了下来。他在等待,因为他仍然希望汤姆记住他的警告。"梦是具有欺骗性的。当你无法正确理解这些梦时,它们就会把你引向毁灭。"

汤姆连连点头。现在他意识到,老人说的这些警告之词,只是想让自己依赖他的解释。也许,与老人试图让汤姆信服他的装神弄鬼行为相比,一切都要简单得多。"那么我的梦到底传递出什么信息?"他不耐烦地问道。而解梦师等了一会儿才回答。"你必须学会独立思考，"智者总结说，"这就是梦传递给你的信息。"汤姆不太明白。"我应该思考什么？"他一脸茫然地问。"这我可不知道。你必须自己去想清楚。"老人的回答简洁明了，"现在你走吧，去完成梦里告诉你的事吧。"

汤姆大失所望，感觉像受到了某种侮辱，随即又有些生气。这算什么解梦？他想了想，试图冷静下来，反正他也无须为此支付什么报酬。"这些话我自己也可以想出来。"他干脆指责起老人。"可你并没有。因为你毕竟不是解梦师。"老人反驳道。然后他站起身，回到了他原来停留的山上。他在这个年轻人身上已经浪费了太多的时间，以后可能不会再见到对方了，就像大多数人那样，即使此前知道在自己内心深处与生活交谈过，可没过几天仍然会放弃找寻自己的梦想。"他已经获得了自己需要知晓的一切。"解梦师自言自语起来，同时想起了年轻人随身携带的那块水晶石，这个小伙子拥有这块水晶石，由此可以进入"世界之魂"。

当汤姆回到车上时，他再次理解了自己原来的生活究竟是怎样的。听了这么多无聊的蠢话，我现在还是回到我当初逃离的世界去吧。他心中暗想。其实在刚来这儿的时候，他就预感到这段时间根本不可能有什么收获。

回客栈后，老板向他指点了如何找到附近的加油站，不过完全没问起解梦师的任何事情。也许他心里清楚，绝大多数人都不愿意谈及从解梦师那里听到的信息。汤姆对此也是心领神会。

当汤姆重新踏上主干道时，他想起了自己的小家。他从未如此热切地盼望回到自己原来的世界，虽然他心里也知道一切都很难复原了。不过，当他看到上车后放到副驾驶座位上的小盒子时，他不禁再次回想起过去。

第六章

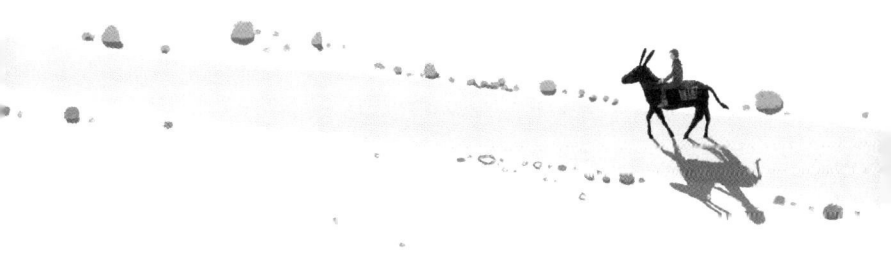

汤姆一上路就开始思考了。在这短暂时间内的一系列经历让他不可能轻易释怀。虽然他现在仍然没有对解梦师完全消气,不过他很快就意识到此君说得也有道理。梦里传递的信息本来就是如此简单,他就此错过的话,难道不该有些自责吗?"你必须学会独立思考。"有时候,生活中越简单的事物,其实越容易被我们忽略。因此我们无法通过自己的梦获得益处,汤姆这样想着,然后又为自己内心深处的想法感到惊异。"你必须学会独立思考。"这就是梦传达的信息,他一下子恍然大悟,这句话确实有道理。

这一想法改善了他的心情,他开始尝试换个角度进行思考。也许这地方的风光还是挺不错的吧?说不定整个地区都是如此呢?他当初驱车来到风景如画的安达卢西亚时,只是为了逃离原有的生活,根本没顾得上思考这方面的问题。但是，自己之所以恰好来到这个地方，难道不是某种宿命的安排吗？汤姆回想起小时候，父亲经常开车带他来这里。他对这片地区还有很多美好的回忆，这些也是对父亲的回忆。

也许，趁此机会我应该多了解一下这个地方，汤姆想。他看了看副驾驶座位上的小盒子，就好像父亲陪在身边一样。他不禁笑了起来。"我们应该去哪儿呢？"他大声问道，同时自我解嘲地哑然失笑。

汤姆在安达卢西亚住了三个月。他游览了很多地方，其中有些景点——在他印象中——早在童年时代就比较熟悉，其他地方则是第一次见到。不过，最重要的是，这里确实有一种魔力。自从他决定不回家之后，心情明显好了许多。他也曾经尝试着进行独立思考，不过还没有悟出任何新的见解。什么事都不能强求，他告诫自己，同时想起了父亲的一句忠告：耐心才能带来玫瑰。

当他找到这个地方时，已经是这段假期的最后一天了。有一座庄园位于青山翠谷间的一座小山丘上，近乎与世隔绝，看上去好像多年都无人居住过。不过，小房子看上去还是比较吸引人的。有一条羊肠小道从碎石路通往一个小广场，在小露台上可以饱览整个地区的旖旎风光。汤姆从这里几乎能看到过去几星期他游览过的所有地方。实际上，他来这里只是想告别这次旅行。然而他不知道的是，这很快将成为他漫长旅程的真正起点。

汤姆当时是在街上远远地看到那座无人小屋时产生了这个念头。他想从那里向美丽的安达卢西亚致以最后的问候。他想把那些只能从庄园角度欣赏到的风景珍藏在自己心中，然后再带回家。为此，他还问了问自己的那块水晶石，内心还曾经纠结过一阵子。在连接庄园的通道上，他看到一块牌子，上面清楚地写着"未经许可禁止入内"。汤姆茫然地站了一小会儿。这座庄园还有两公里远，看上去很不错，它的占地面积肯定很惊人。不过从另一个角度看，这片地区又确实相当荒凉。在这个山谷里，不同地块之间往往相隔数公里。他在路上最后一次看到的有人居住的房子，距离这里几乎有半个小时的路程。应该没有人会看到自己吧。可是汤姆在生活中一向不太习惯做违规的事情。因此，他思前想后，不知自己是否应该不顾警告进入此地。忽然，他发现自从见过解梦师并决定在这里多待几天之后，自己竟然第一次认真思考起问题了。在过去的几个月里，他一直都在随波逐流，没有做出过任何重要的决定，也没有什么事情需要他做决定。但是现在，他站在这块牌子前，开始独立思考了。这会不会是某种预兆呢？虽然截至目前，最后从庄园饱览一次风光的决定也不算什么大事，但这是第一件让他深入思考的事。

从高处眺望说不定还能发现某个特别地方呢，就像他在旅行之初前往忘忧之地那样。也许他可以带回一些对原有生活很重要的东西？他在忘忧之地摆脱了烦恼，那么，他在这儿能收获什么呢？汤姆记得自己在三个多月前到过这里，当初离家出走时的迷失感如今已经变成了自由。这是一种没有计划也没有目的地进行旅行的自由。忘忧之地、那个梦及其传递的信息，改变了他看待事物的视角。他现在是以孩子的视角看待一切。他只关注眼前的这一刻，关注大自然的美景、每天早晨听到的小鸟歌唱、风吹的低语以及无边无际的自然风光。这是一种超越时间的永恒视角，既没有过去也没有未来，更没有时间让人迷失方向。通过驻足于当下，他想再回顾一下过去几个星期经历的一切。汤姆预感到，山谷中这座小山上的庄园就是最合适的地方。

当汤姆按照这个思路，开始考虑自己到底该做什么决定时，他看到一群蝴蝶在飞舞。这些蝴蝶围着标志牌转了几圈，随即消失在小山上的庄园里。父亲过去经常说，蝴蝶会带来好运。父亲有可能是在某本旧书里读到了这句话，从那以后他遇到任何事都会向汤姆提起这句箴言。汤姆看了看身边的小盒子，然后发动汽车，沿着蝴蝶飞舞的路线驶过标志牌。

这里的视野真是无比开阔，汤姆自己也没想到风光会如此壮丽。在此之前，他还以为自己已经游遍了这片地区。在庄园里，他发现了一个旧马厩，这里曾经肯定养过马，还有一辆旧拖拉机停在环绕庄园的小路上，早已生了锈。从这条小路可以穿过草地，直达老庄园。不过，汤姆还是更愿意走另一条沙子小路,从沙子小路过去应该是一条石阶路,残余的一些石头台阶就是明证——只不过这些石头好像被抛撒过,在小路旁七零八落地散落着。汤姆很高兴自己选择了这条旧石阶路,这样他才没有错过位于庄园下方小广场上的那个空荡荡的喷泉。喷泉后面还有一个游泳池,里面都是碎石头。可能是主人不想用了,于是用石块填满了水池。整个广场的建造工程量足够一个人忙上一辈子了。汤姆回想起自己小时候,也曾花上几个钟头沉迷于建造、修理或者发明东西。

那都是很久以前的往事了,他心里想,脸上带着一缕忧伤的苦笑。不过,那毕竟是一次次的冒险经历。他不由自主地回想起自己差点被断手的那一天。他曾经修好过一台老旧的割草机。是父亲允许他这么做的,因为多年以来,每次修理割草机都以失败告终。从那之后,割草机就被废弃了,躺在屋后的旧棚子里,浑身锈迹斑斑,油箱里还剩了一些汽油。汤姆在锋利的螺旋叶片前蹲坐了几个小时,还把手伸进去,因为里面好像卡住了什么东西。当他偶然转身去找某件工具时，这台机器忽然重新启动了。他没敢告诉父亲整件事的来龙去脉，只是自豪地向父亲展示了那台恢复正常的割草机。多年来，他逐渐忘记了这件事，但他对一切可以用工具制造或者修理的物品的那份热情并没变。在他的童年时代，正是这种热情为他的心灵增添了无数永不磨灭的美好时光。

当汤姆站到庄园露台上时，他终于明白那个梦将把自己带往何方，因为小屋前贴了一张白色小字条，上面写着：庄园待售。

第七章

解梦师在炉火前已经坐了很长时间了，他一直在看着火焰。他此前抓到的兔子都快烤熟了。兔子身上的油脂滴落在灰烬中，发出嘶嘶的响声。思想可能会让我们误入歧途，这是他根据脂肪融化时发出的声音理解到的第一句话。解梦师忧郁地低下了头，他知道自己仍然需要帮助这个年轻人，因此，他才很痛快地答应年轻人推迟支付报酬。不过，他一开始确实希望年轻人能够独立前行。毕竟，年轻人已经拥有水晶石了。但火焰现在向他传达的信息推翻了这一结论。

世间本就无坦途，解梦师想。他很奇怪自己怎么能在所有的人生经历中屡次忘记这句箴言。而且，他还忘了把这些预兆告诉那个年轻人，也就是那些能为人们指明人生方向的信号。这是一个很明显的错误。他本应该告诉年轻人，这些预兆有时可能是骗人的，需要过一段时间才能真正理解它，尤其是当人们在生活中从未学过如何遵循这些预兆的时候。在人生道路上一切都是新事物之时，这个小伙子找到了忘忧之地，不过这只是属于初学者特有的运气。当你上路出发之际，生活总会为你有所准备，其中离不开初学者的运气。虽然这个年轻人拥有自己的幸运石，但这种护身符只能帮助那些了解自己的内心并能倾听内心声音的人。可是这个年轻人已经很久没倾听过自己的心声了，最起码在他长大成人之后就没倾听过。奇怪的是，即使像他那样拥有了力量如此强大的宝石，可是每个人还是必须重新学习如何破译宇宙蕴含的魔力。解梦师思忖着。

也许他应该更明确地告诉这个小伙子，不要追随其他人的梦。因为每个人都有自己独有的梦。如果他知道客栈老板向年轻人描述过自己的梦想，那他就会这么做的。客栈老板梦想建造一个让人们无忧无虑的地方，可这并不是这个小伙子的梦。忘忧之地确实适合客栈老板，那就是他的梦想。而年轻人更应该选择踏上征途，不能贪图安逸。

即使到了其他地方也不能安逸，改变居住地并不会带来任何结果。他清楚地从年轻人身上看出了这种想法。那他为什么还不上路呢？

　　因为任何道路都自有其曲折之处，火焰呲呲地燃烧着，解梦师从火焰中洞察到了更深层次的含义。于是，他吃完饭就立即动身，离开了壁炉，而炉火此时已经变成了冰冷的余烬。他没有时间可浪费了。事态紧急，已经由不得绕道而行。

第八章

汤姆找到这座庄园之后,他没有浪费多少时间去跟自己的旧生活告别,他已经在西班牙签署了整套地产的购买合同。汤姆希望能够真正地实现自己的梦想,他担心自己一旦回家就会再次陷入踌躇不决中。他再也不想让日常的凡俗琐事耽误自己实现梦想了。汤姆仍然清楚地记得客栈老板跟他讲述的那批寻访忘忧之地的人的故事。

随着时光流逝,所有人都忘了自己的梦想。他们唯一记得的就是一种偶尔会带来忧伤的感觉,毕竟曾经有过一个梦想,也许值得去追随。汤姆可不想让自己成为那群人中的一员。

在此期间,他也曾短暂回了一次家,只不过是为处理一些关键事宜。在回家期间,他再次远距离观看了自己原有的生活。此时对他而言,这种生活简直就是一台齿轮设备在运行——而他自己就曾经被禁锢在里面。他周围的那些人——在汤姆看来——仍然在沿着每天的轨迹循规蹈矩，就像机器上的齿轮一样，汤姆心里想。这些人必须日复一日地工作，才能确保机器运行。他们没有其他的生活目标，因此这些人也找不到自己存在的意义，他们也只会工作罢了。他现在想知道，人们为何如此麻木地重复这种日常的劳作。其实他自己也曾经这样生活过，而现在，这种日子已经一去不复返了。是父亲的死让他痛苦地看到了人生的短暂。因此，汤姆估算着这些人的人生早晚也都会结束。他们一直在劳作不休，直到最终被替换，因为即使是一个机器零件，使用寿命也是有期限的。

当然，在汤姆为数不多的几个好朋友中，有个别人似乎在质疑他做的这一决定。虽然没有人跟他说过，但汤姆通过他们的眼睛可以读出这些。不过，汤姆想，这些人肯定早就忘了自己的梦想，于是就没有理睬他们的疑虑。

只有负责管理父亲遗产的律师心平气和地问他是否需要再花些时间考虑清楚，至少在所有问题都解决之前应该再斟酌一下。律师认为购买这座庄园的决定非常仓促，不无风险。因为汤姆其实没有足够的钱支付他现在欠下的购房款。为此，汤姆不得不卖掉自己所有的资产，才能负担得起新的生活。

但汤姆感到自己这一生已经浪费了太多时间，这就是他的真实感受。他再次担心自己可能会像忘忧之地的那些人一样，不再关心自己梦想的意义。绝不能让日常的凡俗取代梦想。他就是想要一个人重建那座古老的庄园，同时像孩子一样忘掉眼前的这种生活——但愿它尽快成为遥远的记忆。他的梦想就是跟庄园在一起。

一旦他接受这份来自遥远的安达卢西亚的礼物，并去那里生活的话，就意味着他再也不能重返原有的世界了。他在最近的几个月里也预感到了这一点，抑或是他的思想对自己暗示了这些？

"快速变卖资产往往会伴随着各种风险。"律师提出了异议。但是对汤姆来说，能否一次性付清律师费才是值得忧虑的问题。律师总是只关注生活中的风险，而汤姆只想关注眼前的这次机会。凭借这份购买合同，他就与那座庄园牢不可破地连为一体了。他牢牢抓住了这次机会。至于支付购房款的问题，只需要律师卖光汤姆自己的资产就足以解决了。

就这样，没过几天，他坐在了庄园的露台上，远眺着安达卢西亚的夕阳。他的思绪始终围绕着自己的梦想。距离他在忘忧之地住宿的那一夜已经过去三个多月了。难道这一切不都在梦想成真吗？他的想法已经变成了现实。那么，距离他真正悟出生活的真谛究竟还有多远呢？他认为自己迈出的第一步是正确的。万事开头难，汤姆心想。但他梦中的那个贝都因人曾经告诉他，在他完全洞悉人生意义之前，还有一系列的试炼。因此，目前只进行到了第一步。

汤姆还想起了那位解梦师。距离上次跟对方见面已经过去了很长时间，不知他还能否一下子就找到解梦师——就像他初次做梦那天一样。也许他会来找我吧。毕竟有梦在吸引着他，这可是他自己亲口说的。然后，汤姆又想起至今还没向解梦师支付过报酬呢。因此他敢肯定解梦师会自己找上门来的。最起码,他迟早还是要向我索要报酬的。那么,他究竟想要些什么呢?汤姆脑海里再次闪过一个念头:解梦师最终可能会索要他的水晶石。他不禁又摸了摸那个始终随身携带的小盒子,确认它还在那里。现在他觉得有必要再看一眼这块水晶石。虽然小盒子的重量没变,但他一度担心水晶石会被弄丢,或者在他一时疏忽之际被人调包换了。然而,当他打开盒子后,他松了口气,水晶石完好无损。

自从当年发现水晶石之后,他还从来没有拿在手里端详过。现在也许就是合适的时机,就在他从旧生活中迈出重要一步后,在这座庄园度过的第一个晚上。汤姆正要用手拿起水晶石时,突然感觉手被一根小刺扎了一下,吓得他赶紧把手缩了回来。手指竟然流血了。汤姆似乎忘了这块水晶石的棱角有多锋利,这毕竟是父亲当年发现的一块碎玻璃。

汤姆包扎了一下手指,伤口比他预想的更深,露台上甚至还发现了几滴血迹。汤姆并不是个迷信的人，可他还是希望能有一个更好的征兆来开启新生活的第一个晚上。他不由自主地开始寻找蝴蝶，不过令他惊讶的是，这里没看到任何蝴蝶。真是奇怪啊，他想，那片草地不是一直飞满了蝴蝶吗？可能只是今天时间太晚的缘故吧。于是，他把水晶石放入盒子，关好盖子，随后就上床睡觉去了。

来到西班牙几个月以来，他今晚第一次产生了一种几乎早已被忘却的感觉——一股忧虑油然而生。这种感觉刚开始还很轻微，几乎难以察觉，但对他来说已经很意外了。他不禁思绪万千，一时有些局促不安起来。因为自从他在忘忧之地过夜之后，他始终处于逍遥自在的状态。然而现在，当汤姆躺到床上开始沉思时，那股忧虑蔓延开来。他改变生活的速度是否有些过快了？是什么驱使他迈出了这一步？难道仅仅因为一位老人对梦做出的所谓解释，那人自称是风对他讲述了"世界之魂"？汤姆感到不寒而栗。就在不久之前，在他原有的生活中，他如果听了这种故事，定会嗤之以鼻。其实，他周围那些人又何尝不是对此嗤之以鼻？他们不都是对汤姆轻率地放弃原有的全部生活而感到无法理解吗？

其实那种生活也并不算太糟糕。那是一种有规律的生活方式，自有其运行流程、结构以及支撑点。那样过一辈子都无须担心什么。最迟通过继承父亲的遗产，他就能过上自由自在的富足生活。而他现在把这所有的一切都换成了一座几乎无法居住的破庄园，其中所谓的魅力都离不开他自己动手加以整修。也许是父亲去世给他造成的震惊，导致他酿成大错吧。

汤姆感到自己喘不上气了，他明显感到自己的心脏在剧烈跳动，巨大的心跳声让他无法平静下来。不过，当他又看了看小盒子时，又想起了那块绿色水晶石。父亲的话语再次回荡在他的脑海里：这块石头可以保护你，只要你随身带着它，就会一切平安。于是汤姆又冷静了些，他的呼吸逐渐平缓顺畅起来。汤姆开始说服自己：这种懊悔很可能只是人们在做出某种决定之后常见的现象。他知道，几乎所有人都会在做出重要决定之后又疑虑重重。因此，最好的办法就是在做出决定之后马上着手实施。

有了这些思绪,他不知不觉有些累了。如果不是手指头的轻微刺痛引发了他的浮想联翩,他早就睡过去了——就像当初在忘忧之地一样。那块本该保护他的水晶石今晚却伤害了他,水晶石大概也有两面性吧。就这样,汤姆带着最后一个念头睡着了。

三个多月来,他再一次做梦了。

第九章

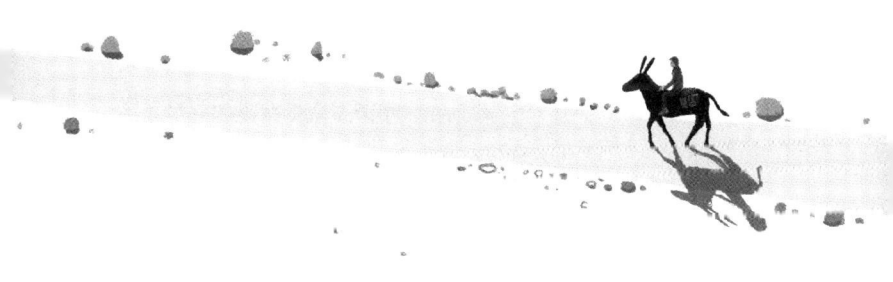

"当你窥探思想之镜时,到底发生了什么?"阿拉金很想弄个明白。

贝都因人却是一副严肃的神情,说道:"你的内心变成了你的外表,内在的世界变成了外在的世界。"

"如其在上,如其在下。"阿拉金忽然注意到镜子装饰花纹上的这句话,这也是他第一次认真审视这段文字。

"我不太明白。"阿拉金还有些不确定。

"你早晚会明白的,"贝都因人说,"因为你已经开始有悟性了。"贝都因人用审视的目光深深地打量着阿拉金,然后继续说道:"为了探寻生命的意义,你首先要理清自己的思想,是你的思想塑造了你眼前的现实。思想可以奴役你,使你远离真正有意义的东西,还会让你误入歧途,头脑陷入混乱。但是,只要你真诚地面对自己的思想,它就会引导你沿着充满人生意义的正确道路前进。"

贝都因人说完，深深地看了阿拉金一眼，又徐徐说道："不过，理清自己的思想可绝非轻而易举之事，甚至可以说是不可思议的艰难。鉴于你的处理方式——这有可能成为你整个人生中最艰难的任务之一，甚至对你来说可能是一个无法完成的任务——你的思想将会成为隔离现实的高墙。于是你将不由自主地被带入一个迷宫，如果你不加察觉的话，你甚至根本无法辨别出这是个迷宫。归根到底，你还是自己去看吧！"贝都因人指着镜子说。

阿拉金像被施了魔法一般，身不由己地将头转向镜子。只见整个镜框连同装饰花纹仿佛都在变大，那些雕刻的话语不停钻进阿拉金的耳朵。"如其在上，如其在下……"当他的目光掠过镜子表面时，镜子里突然涌出上千幅画面，从他身旁飞驰而过。阿拉金在画面中飞腾着、坠落着，直到完全迷失在自己的世界。

阿拉金无休无止地坠落着。至于坠落了多久、坠向何处，他都无从知晓。他甚至完全失去了方向感，上方和下方全然混淆。终于，坠落戛然而止。阿拉金发现自己竟然以一种完全妙不可言的方式落在了驴背上。这让他备感意外，却又不无惊喜。

阿拉金是在急速的运动中发现这些的，他的脑袋还在微微发烫。当他睁开眼时，先看到的是灰褐色的蓬乱皮毛，上面盖了一条毯子，而他自己正坐在这条毯子上。他抬起头，视线沿着皮毛在驴脖子上徘徊。他看着毛驴的后脑勺，两只驴耳朵分别朝左右方向高高耸立着。随着颠簸感传来，他才逐渐意识到自己和毛驴是在前行的路上。不过，阿拉金对此感觉并不是特别舒服，他根本就不会骑驴。于是他只能稳住心神，小心翼翼地用双手摸索着，试图寻找一个支撑物。可是，当他意识到这里只有一个座套可抓牢时，他的慌张感不由得加剧了。

太阳远在身后，阿拉金看到自己的影子近在眼前。他虚坐在驴背上的不安全感逐渐蔓延到了他的思想世界。此刻，他的思绪令自己的影子看起来巨大而恐怖。他越是专注地盯着这一情景，就越感觉自己跟毛驴的影子在慢慢地独立成形，越来越高大。在阴影中，他突然感觉到毛驴似乎想要站起来把他甩下去。阿拉金惊恐万状，只能紧紧攥着那条毯子不放，哪怕手指很痛。直到他渐渐发现其实自己这样坐着很安全，内心才平静了一些。他再也不敢看那个影子了。不过，阴影却犹如磁石一般吸引着他的思绪。幸运的是，阳光开始照耀到他的脸上。随着暖融融的阳光的照耀，这些奇奇怪怪的想法一下子都烟消云散了。阴影也从他身旁逐渐隐去，最终消失在灿烂的阳光里。阿拉金松了一口气。这时他才发现，其实自己始终安稳地坐在驴背上。

"我在这儿干吗呢？"阿拉金心里嘀咕起来，这时他才注意到，自己并不是唯一的骑行者，在他的身前和身后都有人在骑着驴。他只是这支骑驴队伍中的一员，但他并不知道自己究竟是如何来到这儿的。奇怪的是，这一场景却有些似曾相识，仿佛一个古老的预言，他曾经熟悉，如今却早已忘记。不过，还没等他唤醒记忆，黑暗的思想再次使他的精神世界蒙上阴影。这支驴队的领头人让他感到有些可疑,此人像一个从不回避风险的冒险家,让阿拉金感觉并不可靠,虽然目前还没有危害到他率领的这支队伍。就在阿拉金心中涌现出这一想法时,他看到领头人突然带着队伍中的其他人从安全的路面转入崎岖的道路。毛驴越行进,摇晃就越剧烈,可是,驴队中那些人似乎很享受这种状态。

毛驴们蹒跚而行,似乎故意想让骑行者失去平衡。阿拉金对此担心不已。他差点就想弯下腰,俯身紧紧抓住自己的毛驴。但是他不敢,部分是出于害臊,部分是出于恐惧,担心这样反而会彻底失去平衡。

领头人走的路越来越危险了,路面竟然一下子变得狭窄起来。当右侧的悬崖峭壁拔地而起时,左方却是陡峭的下坡。道路越是陡峭无比,领头人带着驴队沿着峭壁行进的速度反而越快。此时左侧已完全是巨大的悬崖陡坡,而整支队伍仿佛正在一点点被山谷吞没。阿拉金现在完全不敢朝左边看了。

"我受不了啦!领头的这家伙到底想把我们带到哪儿

去啊?"他恐惧地在心里咆哮着,祈盼着能够赶紧脱离这支队伍。可是,还没等他想清楚,下一幕悲剧就在他眼前展开了。

在这段路程的尽头,小路分成了两条岔路。领头人选择了其中一条平坦又安全的道路,于是,那些毛驴也都紧随其后跟了上来。另一条道路则要绕过一块巨石头,巨石后面仍是陡峭崎岖的路段。

"一定要跟紧他们,千万要跟紧!"阿拉金在心里呼唤着自己的毛驴。在他前方还有两头毛驴来到岔路口面临着抉择。当他看到最前面那头毛驴随着队伍选择了安全道路后,他松了一口气,试图让自己平静下来。马上,他正前方的毛驴也走到了岔路口。这又把阿拉金吓得够呛,尤其是当他以为前面这家伙即将走错路时。当看到这头毛驴也选择了安全道路,他才略微安心了些。现在该轮到他了。他的担忧不断增长,以至于都有些惊慌失措了。他始终摆脱不了脑海里的不祥念头,那就是自己的这头毛驴现在说不定会脱离队伍的行列。他的这种不良预感是如此强烈,以至于当他看到自己的毛驴成为唯一绕过石头赶路的那头时，这种惊慌一下子升级为恐惧。

"这不可能，这不可能！"他心乱如麻，同时心跳急剧加速。但是现实就是现实。预感成真了，他不禁对自己的毛驴喊道："不行，别走那条路，千万别走！"阿拉金自己都不知道在心里喊了多少次"不行"。这时在他面前又发生了一件恐怖之事——在这头蠢驴独自绕过的石头后面是一条更窄的小路，现在不仅左侧是深渊了，右侧竟然也是陡峭的深渊。阿拉金环顾四周，试图寻找帮助，但他只看到自己刚才骑驴绕过的那块巨石。驴队的其他同伴都不见了踪影，似乎压根儿就没人跟他走这条路，更没人注意到他的毛驴早已从队伍中分离出去。阿拉金回头看着自己身处的险境，差点从驴背上掉下来。他僵硬地坐在驴背上，一脸的呆滞。

眼前的场景就如同一场永无休止的噩梦，阿拉金一时间思绪万千。如果两侧的峭壁越来越陡峭，道路越来越狭窄，最终导致他跟毛驴无路可走坠入万丈深渊，可怎么办?事实上,当毛驴走得太靠悬崖边缘时,小路左右两侧的碎石块已经开始脱落了。险上加险的是,这头驴竟然还左摇右摆起来,阿拉金绞尽脑汁地试图保持平衡,以确保自己别跟这家伙一起坠入深谷。

"你倒是停一下啊!"他忍不住在心里乞求起来。但是,毛驴仍一步步地往前行走着。更令他恐惧的事情发生了,就在他们前面几米远的地方,小山路戛然而止,变成了异常陡峭的下坡路。他们现在等于在一个孤立无援的山顶上陷入了死胡同,几乎无法走出来。这条小路太狭窄,以至于毛驴根本不可能转身掉头。走到现在这个境地,接下来每一步都可能是万劫不复,但是想走回头路已经完全不可能了。这头驴根本就不听他的使唤,阿拉金仿佛已经看到自己从悬崖上掉进了深谷。他几乎体会到了自己下坠的感觉,想象着自己是如何摔到谷底的。阿拉金唯一的念头就是:现在死定了。

第十章

汤姆醒来时感到很害怕。他的脑袋嗡嗡作响，昨晚喝的酒让他浑身疼，脑壳里面突突直敲。那个可怕的噩梦到底是怎么回事儿？汤姆没时间细想此事了，因为敲击声越来越大，越来越令人无法忍受。这时，他才注意到敲击声实际是敲门声，原来是有人在用力敲他的庄园大门。

当他终于想清楚自己身处何地时，才缓缓站了起来，慢慢地穿过客厅去开门。响亮的敲门声始终不绝于耳，汤姆也不知道是他的脑壳放大了敲门声，还是确实有人在如此用力地敲门。然后他脑海里忽然闪过一个念头：敲门的人肯定是解梦师吧。他没想到解梦师会来得这么快。但汤姆内心升起一种满足感，自己在前一天晚上并没有完全想错，解梦师就是来要报酬的。是他的梦吸引了解梦师，解梦师痴迷于对梦做出解释，由此可以尽快索要自己的报酬。汤姆已经开始猜想老人会怎么向他解释这个梦了,虽然这个梦对汤姆来说更像是一场噩梦。当他打开门,答案终于揭晓了。站在他面前的是一个怒气冲天的矮胖子,汤姆就是向此人购买的庄园。汤姆还没来得及说话,就听到庄园主怒吼起来:"真见鬼!我的钱到底在哪儿?"

但汤姆早就没什么钱了。他的律师当初说得没错,他急于变卖资产的确充满风险,一下子吸引了很多可疑的商人。尽管律师一再发出警告,但汤姆只看到了这些商人为他的资产开出的高额报价。最后,商人们全都人间蒸发,骗光了汤姆拥有的所有资产。他早已一贫如洗,只剩下安达卢西亚的这座废旧庄园,还欠了庄园主所有购房款。庄园主给了他一星期时间去筹钱,否则就要把他关进监狱。据说这位庄园主跟当地的法官关系还挺密切,而西班牙内地的监狱可不是一个能让外国人健康脱身的地方。庄园主威胁说,要让汤姆进监狱记住教训;到了西班牙就必须遵守诺言。

于是,庄园主将汤姆独自留在庄园里,还派了警卫在门口把守,汤姆有生以来第一次尝到了被关起来的滋味。他的梦如今真的变成了一个噩梦——就像他昨晚的不祥预感一样。

第十一章

汤姆这个星期都没法睡觉了，今晚已经是第三个不眠之夜。自从庄园主勒令他必须付钱后，汤姆整晚都是醒着的，片刻不得安宁。他从没想过自己的生活竟然会到这种地步。如此窘迫，如此无望。他有时候感觉自己就要死了。一旦这种感觉涌上心头，汤姆就会彻底安静下来。

这一切到底是怎么发生的？自己怎么就抛弃了多年在原来生活中辛苦积累的一切呢？他曾经有过一个井然有序的世界，那个世界带给他安全感。每天他都在忙忙碌碌，每晚都能安然入睡。虽然汤姆没有什么梦，但他也从来没有过不眠之夜。尽管他为这种生活的安全稳定付出过有限的代价，但每个人不都是这么做的吗？那他现在付出的是什么代价呢？太高了吧。对汤姆来说，这一点是毫无疑问的，因为他只有过片刻的松弛和散漫，就让一个白日梦毁了他的生活。他在家里所拥有的一切都被毁于一旦。

如果他还有机会的话,他是多么想重新赎回自己的旧生活啊。哪怕是付出任何代价,他都在所不惜。汤姆看了看床边的那个小盒子,手指还在隐隐作痛。那块绿色水晶石到底有没有价值?汤姆想带着水晶石,去附近的城市找一家珠宝店。我肯定可以把它卖掉,至少可以赚一笔钱,足够支付回家的路费。因为他在这里根本就没有未来,回家说不定还能恢复原有的旧生活。凭借安稳的旧生活,他跟庄园主之间的麻烦肯定就可以迎刃而解了。

汤姆稳稳心神,又看了看小盒子。里面肯定只是一块废玻璃碎片,手指的疼痛提醒了他。他昏昏欲睡,又要开始做梦了。但此时此刻他非常清楚,这些梦可能带来什么。

梦都是危险的。

第四天早晨,汤姆终于起床了,开始准备修拖拉机。在过去这些天,他一直漫不经心地从拖拉机旁经过,它就停在环绕庄园的小路上,有条岔路可以通向旧仓房。汤姆这些天在这条路上围绕庄园走了无数圈。他盘算着如何弄到钱——哪怕一点点，几乎连脑袋都要想破了。他的全部精力都集中在思考这个问题上，因此根本就没有注意到什么拖拉机。后来他忽然看到了蝴蝶。

这是他发现庄园之后再一次见到蝴蝶。这些蝴蝶引导着他环顾四周。当初，他不就是为了欣赏这片风景才来到此地的吗？自从他在露台上度过第一个夜晚之后，他就无暇品味这个地方的美丽了。他在晦暗的思想迷宫中徘徊了太久，以至于彻底忘了昔日搬到这里的初心。如今，是蝴蝶提醒了他这件事。

汤姆回想起他曾经憧憬着将这里全部加以重建和改变。这个地方之所以那么吸引他，是因为这里蕴含着太多机会，其中包括可以进行创造的机会。全神贯注进行创造，原本就是汤姆童年的挚爱，只不过他已经忘了，然而在他内心深处仍然热爱着。他当初来到这里，就是为了重新发现这份挚爱，他对工艺的挚爱。是蝴蝶提醒了他。当他看到蝴蝶围绕着拖拉机飞舞时，他终于发现了一根救命稻草，只要他把拖拉机修好，然后就可以卖掉，说不定庄园主可以接受这笔钱作为首付款。即使这样行不通，汤姆趁着在这儿度过的最后时光做点事情，也算不忘初心。于是他想了想，至少他短暂体验到了梦想的滋味。他愣了一会儿，然后开始打量那台旧机器。真是奇妙啊，一个人的思想世界究竟能释放出何等巨大的力量。悲观晦暗的思想可以如铅一样沉重，而乐观美好的思想则可以让你展翅高飞。

汤姆不禁扪心自问：自己能否始终保持乐观的思想呢！他回想起最近做的那个梦，以及被宣称的所谓"试炼"。也许，第一个试炼就是先解决自己的思想问题吧！也许，这需要他首先成为自己思想的主宰者，而不能继续任由思想掌控自己。当他思考这些问题时，他自己也觉得有些奇怪，一个人竟然可以如此任由自己的思想摆布——就像他在此前那些天那样。

不管怎么说，我的思想毕竟都来自我自己。如果我的思想来自我，那我就是它们的主宰者，我当然有权决定思想是伤害我还是帮助我。汤姆想，他感到自己找准了方向，完全可以通过第一次试炼。不过，他也很清楚，思想问题不可能这么容易解决。毕竟，他似乎独自想通了自己最近做的那个梦。我应该学会主宰自己的思想。一旦认识到这一点，他感觉浑身轻松了许多。至少，他似乎已经摆脱了对解梦师的依赖。今后我还可以摆脱一切依赖性。汤姆想，又找回了一些自信。于是，他开始认真维修那台拖拉机，此时此刻，他完全沉浸在这项工作中了。

第十二章

解梦师定了定神,刚才他有点太匆忙了,行动太迟了。不过,此刻他的脸上仍然露出一丝微笑。他突然感悟出世间万物皆有其道理,一切都是人生计划的组成部分。"世界之魂"并没有通过火焰告诉他一切。也许我一直倾听就行了,他心中暗想。

不过,他并没有对自己几天前的匆忙动身感到恼火,相反,他为此感到高兴。他想起了一句至理名言,在这种情况下对他很有帮助:平静中蕴藏着力量。

当初他在火焰中忽略了这一启示,因为火焰传达的信息让他深感不安,于是他匆匆离去。将来他一定要牢牢记住这一点。平静中蕴藏着力量,这句话好像是写在什么地方吧!

他决定立即将这些心得付诸实践。他心里不禁高兴起来，自己再也不用那么着急了，现在又可以恢复正常的行进步调了。他环顾起四周，太阳已经西斜到了天边。解梦师决定搭建自己的夜间宿营地，首先，他要抓上几只兔子。

第十三章

庄园主坐在原属于自己的庄园露台上,望着那个年轻人在埋头工作。从来没人能修好那辆旧拖拉机,这个年轻人当然也做不到。他可真是个空想家!真希望第一次遇见他时自己就能看透这一点,这样就不至于那么信任他,也不至于把庄园卖给他了。当然,庄园主自己也不得不承认,这么多年来,根本没人对这处地产感兴趣。他自己都没料到,竟然会有人找他买这座庄园。他很久以前就放弃了售房方面的一切努力。只有他留在庄园窗户上,写有联系方式的那张字条还记录了这一点。随着时间的推移,庄园主甚至自己都忘了曾经在那儿留过字条。

几星期前,当一个年轻人联系他时,他不禁又惊又喜。一开始他简直无法相信还有人想买那座旧庄园,于是他马上同意面谈。这个小伙子继承了一大笔遗产,为追寻童年的记忆而搬到安达卢西亚,对他而言,这个故事听上去还真像是好运临门。这么多年了,为什么自己就不能走运一次呢,他自言自语说。想买庄园的人正好可以解决自己眼下这种糟糕的境遇。虽然他认为小伙子一切都想亲力亲为的改造计划可能比较冒险,但他也很想在必要时向年轻人伸出援手,毕竟他在这片地区——当然是在他的辉煌时期——还是认识不少能工巧匠的。

现在,他望着这个梦想家在忙忙碌碌,心中暗想,也许让年轻人知道真相比较好吧。毕竟,很多年前,在他买下这座庄园以及山谷中所有相邻的地产时,他自己也是一个梦想家。当时他梦想自己成为一个大庄园主。当然,他很久以前就放弃这种白日梦了。

起初,他的梦想似乎也即将成真。庄园主本人就是在这个山谷长大的。他的父亲是个单纯的牧羊人,他们家家境贫寒,但他们过得很开心,虽然他作为一个孩子不得不吃物资匮乏的苦头。他见识过那些父辈拥有田产的孩子享受的富足生活,在那时他就向往自己有朝一日也能过上富裕的生活。他辛勤工作,在年轻时就努力攒钱买下了第一块田产。他在这块土地上精心耕作,很快就挣出了另一块地的钱。凭借全力以赴的勤奋工作与悉心管理,他的资产规模不断扩大,终于实现了他在童年时代就不断追寻的梦想。是梦想让他成为一位富有的地主,但是,这对他来说还远远不够。

他梦想拥有整个山谷,也就是让他在贫困中长大的这个地方,父亲曾经牧羊的那片草地也应该归他所有。他想在山谷中央的小山上建造一座庄园。他还想象着自己如何坐在庄园的露台上,俯瞰整个山谷。

刚开始的时候,他顺利实现了计划。正如他此前精通土地耕作一样,他在收购地产方面也展现出精明的商业头脑。他甚至发现靠地产生意赚钱更轻松,完全无须耗费那么多辛苦和心血。地价在不断攀升,你所要做的就是买下一块地,然后再卖掉,即可获利。用这些钱还可以买更多的地产。于是,这种生意一直在不断继续。与此同时,庄园主还在着手建造自己的庄园。这时有个朋友告诉他，如果有银行为他的地产项目提供资金的话，财富可以来得更快。实际上，他已经发现自己现在一年用于买地的资金几乎跟此前十年挣的钱一样多。庄园即将完工，而他的梦想随即在此破灭。

现在，庄园主看着那个年轻人修理拖拉机，不禁回想起梦破的那一天。那是一场巨大的经济危机席卷全国的日子。银行要求他提前还贷，庄园主不得不变卖所有家产用于偿还债务。他几乎失去了一切，除了最后那块他自己恢复耕作的土地，留给他的只有这座庄园。

没过几年，经济复苏，他其实有机会卖掉庄园，用那笔钱从头开始做生意。然而那场危机不仅让他失去了财富，还让他失去了活力。如今他年事已高，内心的激情之火早已熄灭。他一直在自怨自艾，还埋怨自己犯下的那些错误。他把失去财产看作是宇宙对他傲慢的惩罚，只有仅存的这座庄园成为他宏伟梦想的纪念品。不过，随着这些年的逐渐破败，庄园已让庄园主慢慢走向破产，但他仍然无法放弃庄园，宁愿跟庄园一起成为废墟。又过了几年，等他终于想卖出去时，已经太迟了，根本没人想买这个破败的地方。他昔日的梦想已成为诅咒，也许他将带着它走进坟墓。

然后就是这个小伙子出现了。庄园主坚信这是因为宇宙赦免了他的罪责，于是让这个年轻人降临到自己面前。凭借此人的工匠野心，小伙子也许可以实现庄园主当初开启的梦想。对他来说，自己的梦想也许永远都不可能实现了，但他愿意为这个年轻人的梦想奠定基础。这个想法让庄园主的心绪平静了许多，其实这已经超出了他原本对自己生活的预期。

可惜的是，宇宙只不过是跟他开了一个恶意的玩笑。在庄园主将庄园交给年轻人之后，此人资不抵债的真相就曝光了。命运似乎是在提醒庄园主那段不堪的旧时光，他这一生从来没有依靠卖地成功过。

突然，轰隆一声巨响打断了庄园主的思绪。他吓得从一直坐着的门廊椅子上跳了起来，由于完全沉浸在回忆中而六神无主。是有人在开枪吗?他到处寻找那个年轻人。然后他几乎不敢相信自己眼前的景象:小伙子高高地坐在旧拖拉机上,朝庄园驶去。

第十四章

"我们一起去吃饭吧。"看到庄园主在露台上,汤姆感到有些惊喜。实际上,庄园主只是宣布了自己接下来的打算。他对庄园主发出的邀请更是有些惊讶了。在通往村庄的路上,两个人一直保持着沉默,汤姆仍然担心自己会被关进监狱。说不定所谓的邀请只是某种借口——由此确保他不会做出太多反抗。

不过,汤姆很快就解除了忧虑。让他惊讶的是,庄园主竟然真的把他带到了一家又小又隐蔽的餐馆,就位于附近村庄的小巷里。餐馆门外只摆了一张小桌子,这是庄园主最常坐的位子。每当他想独自做出重大决定时,他都会坐在这里。

吃饭时是庄园主点的菜,他们吃完饭后,他对汤姆说:"在今天之前,还从来没有人能把那台拖拉机修好。几十年来，所有尝试过的人都失败了。你是怎么修好的？"汤姆沉默了片刻。他还有些迟疑，但庄园主目光犀利地注视着他。汤姆还是有点害怕，如果他没有坦诚作答，很可能会被关进某个牢房里。因此他的解释很简单，完全就是个孩子式的答案。尽管担心庄园主可能不喜欢他的回答，但他还是发自内心真诚地说："我喜欢修理和创造，这是我的梦想。"

这个回答让庄园主完全沉默了，他脸上浮现出一种茫然的神情。有那么一瞬间，仿佛他的整个灵魂都沉寂了下来，仿佛他周围的一切都不复存在，再也没有感觉，没有痛苦，也没有喜悦。这个回答给庄园主带来的虚无感，一下子蔓延到了他知道的所有地方——山谷里的牧羊草场静谧无声，连山顶庄园的风都静止了，整个世界都变得纹丝不动。如果有能力做到的话，他真希望一切都在此刻结束。

汤姆忐忑不安地看着他，马上补充说："我还可以修很多东西，我从小就特别擅长这个。如果你愿意的话，我可以把整个庄园都修好。"汤姆避免提及自己做过的那个梦。他还对庄园主隐瞒了自己在忘忧之地的经历以及与解梦师的会面。他想,每个人对他人梦想的反应都各不相同。汤姆现在已经记住了这一教训。家乡的那些人就曾经嘲笑他的梦,忘忧之地的客栈老板则帮助了他。老板知道梦想是多么重要,因为他已经实现了自己的梦想。他还向汤姆讲述过两批人的故事,一批人实现了自己的梦想,另一批人则没有。

可是庄园主似乎并不属于这两个群体中的任何一个。汤姆预感到自己在这里可以学到一些重要经验,也许能让他明白为什么自己的梦演变成了噩梦,也许汤姆过去忽视了什么。他可能是犯了一个初学者的错误。因为就像初学者特有的好运一样,初学者也有自己特有的霉运。那么,如果把这个错误纠正过来的话,他的梦想最终能实现吗?这是自从那个噩梦以来,汤姆第一次燃起了一线希望。

"实际上,我什么都能修。"汤姆告诉庄园主。庄园主在回答之前,仍然长时间地凝视着汤姆。"这令我很难相信。"他终于用微弱的声音开口了,但随后又继续沉默不语。庄园主停顿了片刻,陷入了沉思。当他再次看着汤姆时,他说:"我给你提个建议。如果你可以像修好拖拉机一样把整个庄园都修缮好,我就给你足够的钱让你回家。你可以在那里恢复自己的生活,享受人生的第二次机会。这可不是生活中会遇到的机会。"

汤姆在桌子底下摸到了口袋里的小盒子。他伸手抓住了它,一心想着里面的绿色水晶石。你是对的,父亲。这块石头确实在保护我。我怎么能怀疑你呢?汤姆在心里暗想。几天来,汤姆第一次发现自己的手不再疼了。手指上的伤口已经愈合了。

第十五章

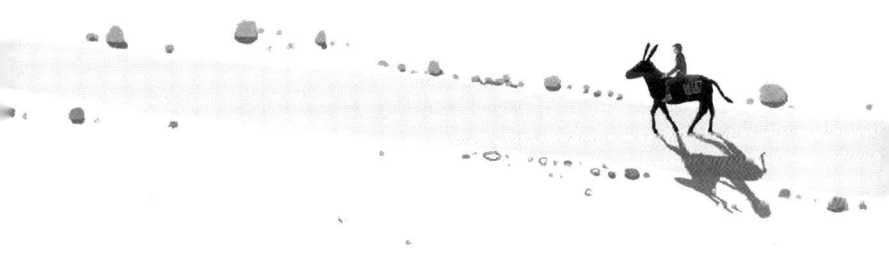

这份工作没有像预期的那样带给汤姆快乐。他自己也说不清问题出在哪里，也许是因为汤姆在接受了庄园主的建议之后，后者就急于将庄园再次转让出去。当然，汤姆仍然可以继续住在庄园里，直到他完成全部修缮工作为止。不过，由于汤姆始终未能支付购房款，这个地方仍属于庄园主个人所有。于是汤姆就把购买合同装在镜框里，挂到了房门上。由此可以一直提醒自己，他的梦想是错误的，现在努力工作只是为了有机会从头再来。

但这并不是汤姆在工作中郁郁寡欢的真正原因，因为手工劳动本身仍然让他乐在其中。而且，汤姆也很庆幸自己拥有技术方面的才能，让他获得了第二次机会。他现在甚至可以在这座曾想购买的庄园里生活一段时光，这早已远远超出他前不久的悲观预期。庄园主也没有任何不公正的行为,每当工地上取得一些进展,庄园主都会额外给他一点报酬。预计整座庄园的修缮工作都完成后,他就有足够的钱回到家乡,重新回归他的生活。

也许,汤姆在工作上的乐趣是被庄园主搞糟的——庄园主对如何将庄园修葺一新有自己的方案。每天晚上他都会顺便过来,不仅监督汤姆的施工进度,还会给出他下一步该做什么的指示。对庄园主来说,怎么做似乎都不够好。他对这座庄园最终的修复状态有一种近乎完美的设想。

一天晚上,汤姆躺在床上,回忆起自己当初是如何修理拖拉机的。那次工作带给他从童年起就一直感受到的快乐。在修理拖拉机时,他可以全身心投入进去。是工作让他感到平静——他当时迫切需要平静,因为在那段时间,他每日每夜都充满了恐惧与担忧。他回想起来,当时他的思绪曾让自己陷入了深深的绝望,是拖拉机把他从绝望中拯救出来的。那次拯救是如此彻底,以至于他后来竟然再也想不起当初的困境。

单纯地努力埋头工作,也许可以分散他对苛刻庄园主的注意力。一旦投入工作中，他几乎就很少去想庄园主每天晚上一次次的要求。于是，汤姆开始尝试沉浸式的工作方法。至于脑海里偶尔闪现的想法，他都不予理睬。他越来越专注于自己的工作。尽管他在修拖拉机时所体会到的快乐并没有完全恢复，但这种工作方式越来越让他重归平静。他学会了什么都不去想，汤姆自己都有些惊讶，这与梦带给他的启示刚好截然相反，是解梦师说错了吗？自从他们那次见面之后，他就再也没现身过。此人可能只是个江湖骗子。

于是，几个星期就这样过去了。汤姆已经习惯了新生活赋予他的节奏。庄园的修缮工作仍在稳步推进。当看到庄园慢慢焕然一新时，汤姆甚至感到了几分骄傲。只有挂在房门上的购买合同时刻提醒着他，这早就不再是他曾想实现的那个梦想了。汤姆想，也许这就是梦中贝都因人说的试炼的一部分吧，虽然他还真正理解其中的内涵，正如他同样无法理解梦中传递的第一条信息，他该如何进行独立思考。在全身心沉浸到手头工作之前，汤姆还在想，有时显而易见的东西反而很难辨认出来。

一天晚上,汤姆的工作再次取得重大进展,庄园主带着一瓶红酒来找他了。其实庄园主算不上坏人,做事不仅公平,还很慷慨大方。不过,汤姆心中疑惑,为什么一涉及庄园,庄园主就像变了一个人。

他们一起坐在露台上,欣赏着黄昏日落,静静地品味红酒。眼前的风景让汤姆回想起第一次来这里的情景。那时候,他漫无目的地探寻着生活,也探寻着这片地区。如今,他再次感受到了昔日的自由。

他们就这样肩并肩坐了很长时间,酒就要喝完了,汤姆鼓起勇气,向庄园主询问起庄园的情况。到目前为止,除了工作,汤姆什么都不敢跟他谈。他凭直觉认为,庄园主与这座庄园之间的纽带,是一件非常私密的事情。当初庄园主在小餐馆里对此做出的非常反应,汤姆仍然记忆犹新。

"为什么庄园对你这么重要?"借着酒力,他终于鼓起勇气向庄园主问道。老人显然没料到汤姆会问这个问题,但这次他的反应看上去完全不同。他的目光仍然停留在风景上,脸上掠过一丝不易察觉的微笑。"因为这曾经是我的梦想。"他望着山谷的方向说道。然后他向汤姆讲述了自己的故事。他是如何从一个贫穷的牧羊人家庭的孩子发展成一个大庄园主的,然后在还未来得及享受成功之时,就失去了这一切。

那段备受煎熬的日子过去之后,他一直在试图让自己从痛苦中解脱出来。他从没跟任何人谈起过那件事,但这个小伙子是个外来者。他仿佛是凭空出现的,让老旧的庄园随着他再次进入自己的生活中。这个年轻人让他想起一个被埋藏已久的真相,一个让他用几十年的沉默来掩盖的真相,但他始终未曾忘记,这个真相就是他的梦想早已破碎。这让他意识到,自己确实是属于追求梦想的那群人,但最终再也没有能力去实现梦想。正是这类人曾面临最后一次重大考验,也曾希望通过考验,来验证自己能否真的实现梦想,然而最终他却功亏一篑。即使机会近在眼前,也没动力再重新开始了。他选择与庄园捆绑在一起，因为他无法摆脱过去的一切，现在只能拖着沉重的负担艰难生活，变得衰老而疲惫。

"可是你的梦想即将实现。"汤姆说。他兴奋地指着庄园，这里已经有很多地方开始焕然一新。庄园主却一脸严肃，略显疲惫地望着汤姆。"并不是，我的孩子，这只是实现了你的梦想。这与我的梦想毫无相同之处。"汤姆想起了解梦师在山顶上告诉过他的话：不要追随别人的梦想。然后他又扪心自问，自己是否清楚心中真正的梦想是什么呢？"梦都是骗人的。梦骗了我们——就像我们一生都可能在自己骗自己。"庄园主继续喃喃自语，"是这些梦让我知道，过去引导我的其实只是骄傲。我想拥有父亲牧羊的草地，好让父亲赶着羊群在上面吃草。我想超越所有那些我从小因为财富而嫉妒过的人，但是，生活最终告诉我，这是一条错误的道路。"汤姆若有所思地看着老人，他是不是也走错了路？自己难道不是因为父亲去世，才被怀旧的童年记忆驱使，放弃了原来的生活来到这里吗？或许这只是一段弯路?因为汤姆感觉自己的旅程才刚刚开始,他不像庄园主那样衰老而疲惫。因此汤姆仍然有力量与意志,在生活中实现自己的梦想。

他凝视了庄园主一会儿,问道:"那么,你的梦想到底是什么呢?"庄园主静静地看着汤姆的眼睛,满脸都是一种生无可恋的表情:"其实,我从来都没真正探寻过那到底是什么。"然后,两个人都陷入了长久的沉默之中。

红酒被喝得一干二净,庄园主也站起了身。汤姆对他今晚的到访表示感谢,就在他们分手道别之际,汤姆忽然想起来,庄园主始终没有正面回答他的第一个问题:"既然庄园并不是你真正的梦想,那它为何对你如此重要?"庄园主很认真地看了看小伙子,然后才回答:"就像人们在一生中追逐过的每个错误梦想一样,到最后你会发现,摆脱梦想比坚守破碎的梦想继续生活更困难。这座庄园让我继续生活,为我的余生赋予生命力,那么我也要给予它希望,迟早要让它重新焕发生机。就像我需要它以保持活力,它现在也需要我。"他边走边补充,"除此之外,看到庄园一步步重获新生,也让我感到一丝快乐,就像你现在沉浸在工作中获得快乐一样。"

这天晚上,汤姆把购房合同从房门上取了下来,他不想让自己的生活跟一个虚幻的梦束缚在一起。他意识到自己很快就会离开这里,继续他的旅行。

第十六章

汤姆躺到床上，正要进入梦乡，这时又传来敲门声。也许是庄园主吧，他可能还没走到大路，然后又折返回来。他一定是在离开庄园时涌现了什么重要念头，于是这么晚才把汤姆从床上叫起来。

汤姆想起了几个月前的那个早上，当他从噩梦中惊醒时，震耳欲聋的敲门声简直让人头疼。不过让他高兴的是，今天这次敲门声听起来特别有礼貌，声音近乎微弱，好像是不忍心将他从睡梦中吵醒似的。汤姆从装修一新的客厅走到前门时，还在疑惑一个人的变化竟然如此之大。就在前不久，他目睹的是一个怒气冲天的庄园主，几乎要破门而入，现在却像是完全变了一个人。这次敲门的人小心谨慎到近乎克制，仿佛担心会吵醒汤姆。

可是，当他一打开门，汤姆就意识到自己想错了。敲门的并不是庄园主。汤姆简直不敢相信自己的眼睛,站在他面前的是那位解梦师。他笑容满面地跟汤姆打起了招呼:"难道不想邀请我进门吗?你肯定已经等了我很久吧。"老人一边说着,一边走进了门厅。"你在这儿找的房子可真漂亮。"他对汤姆说,同时走进客厅,舒舒服服地坐在一把简朴的软垫椅上。"我可以喝点茶吗?"老人一坐下就马上说。汤姆一时瞠目结舌。不过,既然自己已经醒了,他决定给老人沏些茶,然后陪他坐一会儿。当他拿着托盘从厨房回来时,壁炉已经燃烧起来了。汤姆大吃一惊,因为他确信自己根本还没开始修壁炉。

汤姆把茶递给老人,然后默默地陪他坐下。他们就这样无言坐了一会儿,解梦师打破沉默说:"你已经通过了第一次试炼,只是你自己好像尚未意识到这一点。"汤姆吃了一惊,刚才他压根儿没告诉解梦师自己的第二个梦。"我不认为单靠头脑中的想法就能让自己通过试炼。"汤姆反驳说。与此同时,他再次对这个老古董的能力产生质疑。汤姆认为这个老家伙费尽千辛万苦来找自己,只是想得到他的报酬而已。大概忘忧之地的那些人已经发现他是个江湖骗子,就把他赶走了。现在，他可能正在寻找旧关系，企图捞取自己的报酬。汤姆突然灵机一动，这个解梦师说不定是一个更大的犯罪团伙的一分子。眼前的这个老家伙他倒是可以对付，但是如果外面还有一帮同伙可怎么办？他肯定只是想打探一下自己这里有没有钱，然后再抢劫吧。或者他还是为了水晶石而来。汤姆有些惊慌地想到他刚才起床时把那个小盒子落在床边了。也许老人只是想把他骗到这里，与此同时还有同伙钻进房子偷走水晶石吧。

解梦师捕捉到了汤姆的内心想法，宽厚地微微一笑，然后说道："实际上，单凭你的思想并没有通过这次试炼，你的思想只是把你卷进了一场噩梦。"汤姆正想找个借口回到卧室，取回自己的小盒子，听到这里不禁一愣。解梦师望着汤姆绞尽脑汁猜想自己究竟是怎么知道那个噩梦的样子，有些哑然失笑。

趁汤姆还没有胡思乱想到离谱的境地，解梦师继续侃侃而谈道："正如你的思想经常让你陷入大大小小的恐惧之中，它也会将你引入噩梦。其实你早就应该注意到，你的思想一直在给你的生活带来烦恼。就像现在，你还在担心你那块心爱的水晶石会被劫走吧。"汤姆目瞪口呆地看着老人，难道他真的能读懂自己的想法吗？汤姆有些羞惭。"没关系，"这位智者说，"我已经习惯了读出更糟糕的想法。随着时间的推移，人应该学会处理那些意料之外的突发情况。这就是我要为这份报酬付出的代价。"汤姆一时无言以对，他还是感到有些过意不去。当他回想此事时，他才发现自己曾无数次指责老人居心不良。

"当然，我来这里也是为了我的报酬，"老人略带狡黠地说，"但在此之前，你还有两次试炼需要通过。因此我才需要解读你最后那个梦，只有这样你才能继续你的旅行——这就是我登门拜访的原因。"汤姆意识到老人说得有道理。

虽然汤姆逐渐沉浸在庄园的修复工作中，暂时停止了思考，但最近他也在不由自主地思索一件事：自己做的那个噩梦究竟意味着什么？为什么当初他以为自己在追逐梦想，后来却发现其实那不过是误入歧途？"你是在走弯路，"解梦师突然开口说，"就像我一样，在这一生中不得不经常迂回前行，才能抵达目的地。"他温和地继续说。汤姆看着他问道："所以你才花了这么长时间来找我吗？"汤姆的语气中流露出几分责备。他一下子回想起噩梦之后的那个早晨，那天他起床时，还在期待解梦师出现在门口。如果对方当时就能来找他，并且向他诠释梦的含义，也许可以让汤姆避免很多痛苦。

"你需要一些时间，所以我绝不能提前来。"老人说。汤姆疑惑地看着他。这位老先生可真会搪塞，他这样想着，但随即就懊悔自己没有想出更好的念头。看着老人露出的微笑，汤姆知道他可能又读懂了自己的心思。

"那我们现在还在做交易吗？"老人小心翼翼地询问。"是的，我们一直都在交易。"汤姆承认了他们的约定，根据这项约定，当他的旅行结束时，他必须向解梦师支付报酬——无论对方索要的是什么。从现在起不能再去想我的水晶石了，他心中暗想。不过，担心解梦师会继续读懂他的心思，其实是没有根据的，因为对方已经开始让汤姆观察壁炉里的火焰了。

"你看到了什么?"解梦师想知道。汤姆沉思了一小会儿,随即本能地说出了自己认为有意义的想法:"一切都在燃烧。"老人笑了起来。"你看,我的孩子,这就是思想带给你的答案。可你再仔细看看那火焰,看看那壁炉,想象一下你重新将它修缮一新的样子,然后再告诉我你看到了什么。"

汤姆惊讶了片刻。他开始试着想象,一个场景出现在他眼前。他突然看到自己就坐在壁炉前,正在进行修缮。他终于在脑海中点燃了壁炉,还往里面看了看。就在他看到火焰之际,他感觉自己仿佛身处梦境之中,于是他回答解梦师:"我感受到了这一刻,我看到了一种无以复加的永恒的虚无。我还感到一种无声的幸福,以及此刻赋予我的平静。"解梦师满意地点了点头。"就像你从今往后在庄园做的所有其他事情一样,都将让你感受到这种平静。"老人对汤姆说。

汤姆这时明白了,他从童年时代起就一直在苦苦寻觅并在这里找到的正是眼前这种充实的时刻。他意识到,他的生活目标并不是在西班牙的某座庄园居住,而是在寻找生活意义的路上，不断学会捕捉这样的时刻。就像他小时候不知道什么是时间，而在长大之后的寻路过程中，也可能会迷失自己。或许，无论年龄大小，每当他遇到这种时刻，他都会迷失方向，就像找不到原本可以带他走出黑森林的面包屑记号[①]一样，他的人生有时也会变成这样。

老人对他所看到的成果表示满意。"正如我告诉过你的，你已经通过了第一次试炼。"他把剩下的茶倒进壁炉里，熄灭了火焰。"现在去睡觉吧。你的下一个梦将证实我说的话，第二次试炼已经在等着你了。"

解梦师仍然坐在熄灭的炉火前，静静倾听着壁炉的低语。当汤姆躺到床上慢慢感到疲倦时，他不由得再次想起那个噩梦。就在他的思绪几乎将他拖入深渊的时候，他睡着了。

[①] 面包屑记号：这一典故出自《格林童话》中的《韩塞尔与葛雷特》（又名《糖果屋历险记》）。韩塞尔与葛雷特害怕被继母遗弃，于是在被继母带入黑森林时沿路撒下面包屑作为路标。不幸的是，这些面包屑后来被森林里的鸟儿一点点地啄食光了，于是韩塞尔与葛雷特在森林中彻底迷了路。

第十七章

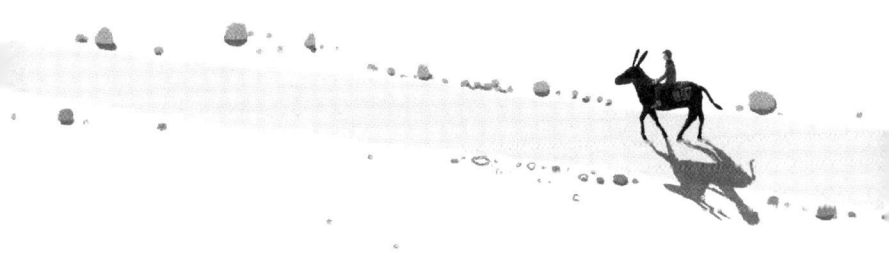

稍待片刻，阿拉金想，稍待片刻——我们就要掉下去了。他又看到了骑驴走进的山谷，距离深渊只有几米远。

稍待片刻。一想到这里，他就回想起了过去。他正在思索着，突然感到有些东西是自己刚刚学到的。就这样，记忆宛如一股轻柔的气流，慢慢又回到了阿拉金的脑海里。所有记忆都围绕着眼前这一刻，他只是在扮演一个角色。阿拉金的大脑可以歇一会儿了，他的心情逐渐平静下来。他突然意识到只有眼前的这一刻至关重要，其他的一切都毫无意义。他始终认为是有人教过他这些的，而且他逐渐意识到，就在这一刻，岔路口的错误转向、小路尽头的深渊和他即将坠崖的场景，都不是真实的，因此他的心情平静多了。这只是重现过去或者预演未来的一种想法，然后阿拉金想起了一个古老的真相。

他恢复了平静,感到自己正坐在一只他曾经喜爱的动物身上。他不知道这种感觉从何而来,但他知道,眼前的这一刻是独一无二的。

此时此刻,他坐在自己的毛驴身上,是它驮着他安然度过了所有艰难险阻。他摸了摸毯子,努力去感受着动物的感受。他心中涌起了一阵暖意,在他几乎不经意之间,山谷、深渊、害怕与恐惧统统都消失了。在那完美的一瞬间里,阿拉金仿佛看到自己正安静而快乐地骑在驴背上。然而令他惊讶的是,此时他看到的是一个小男孩的身影,当他更仔细观察时,他意识到这就是他在镜中看到的骑驴少年的形象。不过,那画面随后就逐渐消失了,然后阿拉金发现自己回到了沙漠之中。

"你已经吸取了教训。"贝都因人笑着对他说。阿拉金满脸疑惑地坐在桌子旁——那面镜子就在桌子上,他不无惊讶地看着贝都因人。而贝都因人仿佛早已预料到他想问的问题——"这一切到底意味着什么"——他看着阿拉金说道:"我会向你解释一切的。"

第十八章

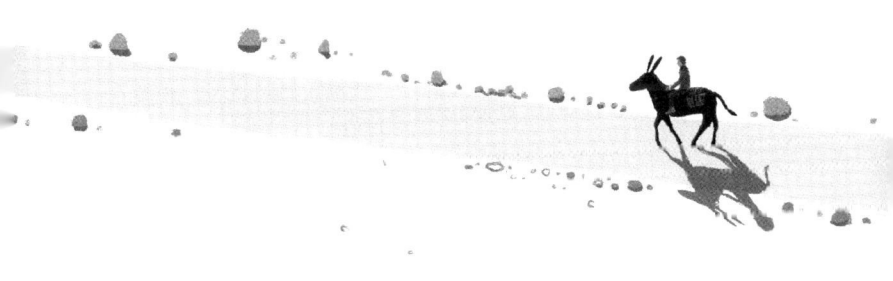

解梦师仍然坐在壁炉前，静静倾听着炉火在久已熄灭之后继续发出的噼啪响声。这种声音从壁炉深处传出，仿佛是来自遥远过去的阵阵回响。几乎没人会注意这种寂静之声，然而解梦师通晓火焰的语言，哪怕它此刻仍保持沉默。

他又听到了年轻人刚才进行的对话。但在安静的炉灰中，现在传出了贝都因人与其门生的交谈声。贝都因人还向门生解释说，这就是在脑海产生思想之前找到平静的那一刻。沉浸在你眼前的这一刻，就可以为你提供保护，就像一件武器、一件防护服或者一句抵御邪恶的神奇咒语。

解梦师满意地看着壁炉里的灰尘，他仿佛从中看到了那片沙漠——汤姆曾向他描述过，所有场景都栩栩如生。现在小伙子已经学到了第一课。"沉浸式工作"让他摆脱了不安思想。他已经认识到此时此刻之外的一切都是虚幻，是这种想法让他避免坠入深谷，甚至可能避免死亡。

　　解梦师能听到汤姆在隔壁卧室的床上来回翻身的声音。对汤姆来说，第二次试炼肯定不会像第一次那么轻松了。

第十九章

"相信当下这一刻,这才是唯一真实的东西。只要这一刻感觉是对的,那你就在正确的道路上,什么意外都不会发生。你的思想是一种幻觉。它们创造了一些早已消逝的东西,或者向你展示了一个无法实现的未来。如果你想继续前行,寻找生活的意义,你就必须活在当下。"贝都因人道。阿拉金明白了他是如何从充满死亡和毁灭的山谷中逃了出来,是什么让他从思想之镜中的险境重返沙漠,回到了贝都因人身边。

阿拉金已经具备了全面的洞察力,但他仍然感觉这可算不上是指引他来这儿的终极答案。"就算我领悟到了这一点,那我该如何找到生活的意义呢?"他怀疑地问贝都因人。

"那好吧,"贝都因人平静地轻声说,"这就是第二次试炼的一部分。"

阿拉金还有很多问题，可是当他再次抬起头时，发现贝都因人已经不见了。就在刚才，贝都因人还坐在那张放着镜子的桌子前，而现在那里只剩下一棵棕榈树了，在沙漠中投下一些树荫。"茵拉克希！"阿拉金用尽浑身力气对着空旷的沙漠喊道，"你在哪儿？我该做什么？我的第二个任务是什么？"但是无人回答。

阿拉金绝望而孤独地坐在棕榈树的树荫下，凝视着沙漠。刚才他还以为自己总结出了一条重要的人生智慧：一个人必须活在当下，不要把自己的思想过度集中在未来或过去。这是他探寻生活意义之路的第一步。但是，现在他不确定了。他是否应该在这里干坐着，逗留片刻？现在是第二次试炼吗？但阿拉金感觉并不是。可是，贝都因人不是也教过他，应该学会倾听自己内心的声音，无论它说的是什么。

那现在怎么办？他在心里暗想，我是不是该找一条出路？难道这个任务就是让人独自待在沙漠里吗？阿拉金迷惑不解。他开始尝试着集中注意力，努力倾听自己的内心，确认是否会有什么声音，但他什么都没听到。于是，他不得不在棕榈树下坐了很长时间，一直在沉思冥想，直到他感觉自己又饿又渴，才想起自己既没吃的也没喝的。我在这儿连一晚都活不下去，他想。但随后他又镇定了下来。不行，他不能再任由这种想法掌控自己了。为了摆脱这个问题，他曾经耗费了大量心血，但凭借自己的精神力量，他最终还是成功摆脱了这些担忧。他可以接受饥饿，他可以接受口渴。当他的脑海中闪现出某个想法，将导致他陷入灰暗的未来时，他就会努力镇定下来，尽量停留在此时此刻，沉浸在当下这一瞬间。于是，阿拉金就这样坐在沙漠中的棕榈树下，倦意悄然袭来，他在树荫下安详地睡着了。

"我们该上路了。"他听到了什么声音，听起来仿佛是梦中的话语，于是他想仔细听下。可是当他睁开眼睛时，却大为惊讶。因为他环顾四周，朝着声音可能传来的方向看去，却发现四周连一个人影都没有。"我们该上路了。"他再次听到了这个声音。阿拉金抬起头来,好像确实有些东西,难道这个声音来自他正前方?

站在面前的是他的毛驴,正忠心耿耿地看着他。"你从哪儿来的?"因为他在沙地上看不到任何足迹。但是,当他看到毛驴驮着食物和水时,他即刻将这个问题抛于脑后。一看到这些,饥饿和口渴立马占据了阿拉金的意识。他扑在食物上,开始大吃大喝起来。

"我们必须出发了。"突然,他又听到了那个声音,吓得差点把水掉在地上。他四处寻觅了一圈,没有看到任何人。这里只有他自己一个人。他慢慢地转过身来,看着身旁的毛驴。"你现在要上路吗?"他再一次听到了那个声音。他深深地凝视着毛驴的眼睛,但阿拉金没有发现任何特别之处,不过他还是想知道,到底是不是这头驴在跟自己说话。

"我们该去哪儿?"阿拉金反问。

没人回答。

他可能搞错了。但是,实际上真正的难题是——我到底该去哪里，阿拉金想，现在我有一头驴和一些食物，也许我应该骑着驴进入沙漠吧，也许我会在那里找到我现在需要的东西吧，虽然我还不知道那是什么。一味在棕榈树下躺平，肯定不是这次试炼的目的。于是，阿拉金骑着毛驴上路了。

"终于出发了。"他再次听到了那个声音，但也只是稍微吃了一惊，这次他甚至都没朝四处张望。阿拉金观察了一会儿毛驴，想知道这个声音到底是从哪儿传来的。究竟是不是毛驴，还是他自己的声音？

"我们该去哪儿？"那个声音打断了他的思绪。阿拉金得出结论，就是毛驴在和他说话，即使从表面上看不出丝毫迹象。阿拉金想，这样总比自言自语要好，那我就跟我的毛驴说说话吧。

阿拉金盘算着自己现在应该朝哪个方向骑行。"朝哪儿走就由你来决定吧。"他决定让毛驴选择行进的方向，然后摇了摇缰绳，让毛驴奔跑起来。

于是，他们跑进一望无际的大沙漠。阿拉金不知道自己究竟在寻找什么，更不知道该走哪个方向，他任凭身下的毛驴来决定这一切。阳光出奇地温暖宜人，让人感觉很舒服。他骑着毛驴在沙地上奔跑着，仿佛前路永无止境。

"天色已晚。"突然，他听到那个声音说道。阿拉金这才注意到，太阳早已不再当空高照，而是在慢慢西沉。"在夜幕降临之前，我们必须建一个过夜的宿营。"那个声音又说道。阿拉金对毛驴答道："你说得对。"

"我们抵达目的地了吗？"那个声音追问他。但阿拉金并不知道。他既不知道自己在找什么，也不知道是否有什么需要去寻找。贝都因人已经不见了踪影，只剩下这头毛驴和一个奇怪的声音。

"我们到底在找什么？"阿拉金在脑海里默默地询问毛驴，因为他想不出更好的办法帮助自己了。"也许你能告诉我该找什么？"他悄悄向毛驴求助。就这样过了好一会儿，始终是万籁俱寂。这头驴是在沉思吗？"如果你不知道，我又怎么知道？"当他再次听到那个声音时，阿拉金也不知道这头毛驴是否真的会思考。

鉴于这种方法未能找到正确的答案，他沮丧地放弃了对毛驴进行询问。那好吧，我们先建一个宿营吧。阿拉金这样想着，开始筹备所有相关的东西。太阳已经深深地落入地平线了，他能感到一阵寒意正在慢慢袭入刚刚还温暖宜人的沙漠。他跟毛驴分享了一点剩余的食物之后，太阳已经缓缓地坠下了地平线，于是他点起了一堆篝火。我们应该寻找什么呢？他想了又想。对于这个问题，阿拉金已经翻来覆去想了上百次，一种巨大的疲劳感袭来，随着夜幕的降临，他沉沉地睡了过去。

第二天早晨醒来时，阿拉金第一眼看到的是天空中的炎炎烈日。天色已近中午，可他躺着的地方依然凉爽舒适。阿拉金发现自己并没有躺在昨晚点燃篝火的地方，感到大惑不解。随后他又发现自己的毛驴早已没了踪影，吓得一下子站了起来。这时他的视线落在地上的一团阴影上，他开始尽量控制自己的恐慌情绪——就像他此前学到的那样。这个阴影大概就是他刚才躺着的地方凉爽舒适的原因吧！阿拉金惊疑地转过身去，想看看这阴影的正身，令他意想不到的是，昨天他离开的那棵棕榈树就在他面前矗立着。

不过，还没等他仔细分辨这到底是不是同一棵棕榈树，他再次听到那个声音对他说："我们该上路了。"当他重新转过身，那头毛驴竟然又奇迹般地站在他面前了，但某些地方似乎又与昨天晚上有所不同。他的目光落在食物袋和水袋上——和昨天一样，它们被装得满满当当。"我们走吧！"那个声音又说道。

那我们就再试一次吧。不过，这里似乎有些奇怪，他暗暗地想，或许是昨天走错了路。他骑上毛驴，挽住缰绳，把这家伙引导到与昨天相反的方向。"这次由我来决定。"他对毛驴说，随即惊讶地听到那个声音居然在回答他："如果你知道自己想去哪里的话……"

于是，他们就这样骑行了第二次、第三次。不过，这两次骑行结束后，阿拉金都会在第二天早上发现自己仍在那棵棕榈树下醒来。无论他朝哪个方向出发，无论他到了晚上将营地搭在哪里，无论由谁来决定去往何方，最终所有的道路都将他带回第一天早上出发时的那棵棕榈树旁。

阿拉金有一种发现了永恒的感觉。对他而言,不是经历了几天或几个月,而是经历了几年甚至几十年。有时,他甚至感觉自己已经成了老人。他的毛驴似乎也在变老,吃力地驮着他穿梭于酷热的沙漠中。可是有时他又感觉自己恢复了青春,充满了活力,就像一个刚成年的小伙子一样,骑着一头健壮的、年轻的毛驴在旅行。他曾经一度感到这些变化对他来说非常古怪,违反了自然规律,直到他回忆起贝都因人说过的话:在这个世界里,压根儿就不存在时间和空间。

阿拉金已经想不起那个贝都因人的名字了,毕竟距离他们上次见面已经过去很长时间了。他们那次见面发生在无数天之前,随后贝都因人好像还有什么话没说完就消失得无影无踪了。他长得像谁来着?贝都因人跟他说过什么?阿拉金什么也想不起来了,直到那个声音再次响起,他也无法确定这声音到底是他自己发出的,还是陌生人,抑或是眼前的毛驴。那声音重复了贝都因人说的最后一句话:"这就是第二次试炼的一部分。"

什么？阿拉金这时在想，什么是第二次试炼的一部分？贝都因人到底说过什么，是让他在这儿学习吗？等他再次想起这些问题时，仿佛已经过了半辈子的时间。第二天早晨，当他在棕榈树的树荫下醒来，看到自己的毛驴时，他突然明白自己该怎么做了。

第二十章

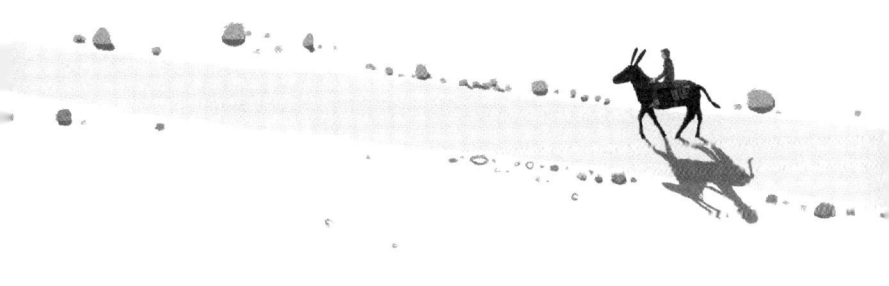

阳光把汤姆从睡梦中照醒了。透过百叶窗棂，阳光慢慢地渗入幽暗的卧室。起床时都已经快到中午了，因为汤姆这次睡得比平时久，他意识到自己又做梦了——正如解梦师预言过的那样。这一次，汤姆感觉自己做了一个无限长的梦，他暗问自己是不是卧床时间也是无限长。距离那一晚解梦师重新出现并与他在壁炉火焰旁共同喝茶，仿佛已经过去了很多年。

他昏昏沉沉地走进客厅，发现解梦师早已不在这里了。不过，随后汤姆看到前一天晚上壁炉火堆留下的残灰。肯定是那个梦让他产生了这种永恒的感觉，他慢慢回想起自己在梦中曾经无数次穿越沙漠。他曾经努力寻找某个始终无法找到的东西，每天早上他都不得不从同一个地方出发。当他想明白自己该怎么做之际，随即却是梦醒时分。虽然尽了最大努力，但汤姆还是无法回忆起自己曾经想如何通过试炼。

他给自己沏了杯咖啡，想提提神，因为他仍感觉自己像是睡了半个世纪一样昏昏沉沉。屋外的一切看上去都很正常，只有门上被摘下的购买合同让他想起了昨天晚上自己跟庄园主的谈话。汤姆不会像庄园主那样追逐一个虚幻的梦，这一点他倒还记得。那我真正的梦想到底是什么？他想起了贝都因人说的话。相信当下这一刻，这才是唯一真实的东西。只要这一刻感觉是对的，那你就在正确的道路上。在梦里的时候，这一领悟让人感觉非常完美，但现在汤姆几乎不知所措。

他看了一下时钟，发现快到中午了。再不开始工作，他今晚就不能向庄园主报告工作进度了。于是，他决定放弃思考什么梦的内涵，专心投入工作。他原本计划在今天让旧喷泉恢复运行，这将是一项很棒的工作成果。说不定在什么时候，解梦师会自己重新出现，帮他理解梦的含义。不过，即使这未能发生，汤姆也感到自己的内心一下子变得镇定自若了,无论发生什么事,都让它顺其自然吧。

自从当初进入忘忧之地后,我在生活中还从来没有过这种感觉呢,汤姆满意地回想着。这时他想起了自己的那块水晶石还在床边的盒子里,这也是他第一次没有随身携带这块水晶石。这里毕竟是山顶的庄园,他用不着担心会丢什么东西。一想到这里,他才注意到自己整个人都发生了某些变化。过去他的头脑里经常充斥着各种迷失感或焦虑感,而如今他感受到的是某种程度的镇定。解梦师曾经告诉他,是他的思想让他经常感到恐惧。尤其是对失去水晶石的恐惧通常都是毫无根据的,并且让他平添了许多猜忌之心。而现在,他在这方面的思虑已经完全冷静下来了。"你通过了第一次试炼。"汤姆记起了解梦师说过的话。

领悟了这些之后,他重新开始工作,完全沉浸在自己的劳动中。他不禁有些好奇,第二次试炼会把他带往何方。他满心欢喜地认为,截至目前,这条路走得很顺利,他期待着即将发生的事情。当然,一旦知道前方等待自己的是什么,他肯定就会停止寻找了。

第二十一章

距离那次汤姆修好拖拉机,已经过去了十一个月十九天。在此期间,这座庄园已经完全焕发出新的生机。

汤姆重建了那个旧马厩,给马提供了安身之所。庄园主的另一个雇工现在会定期开着拖拉机在田里穿行,精耕细作。环绕庄园的主干道已被重新铺设。庄园所在的小山四周也围绕着漂亮的矮树篱,草地上盛开着鲜花,种着扁桃树。汤姆很专业地修复了那条通向房子的小路。如今,经过一段花岗岩小台阶,就可以沿着风景如画的小路,前往富丽堂皇的门廊。同时,还可以经过小广场上水流潺潺的喷泉;汤姆已经把碎石头从游泳池中捞了出来,在清澈干净的池水中,可以沿着天际线尽情畅游。这个地方堪称完美。

这天晚上,庄园主来访时,汤姆正坐在阳台上数钱。

他已经挣够了回家的路费，可以恢复他原本的生活。当庄园主看到此刻的汤姆，不免感到有点惋惜。在这几个月里，他已经习惯了这个小伙子的存在。每晚的来访已经成为一种固定的流程，虽然一开始他只想监督工程并跟踪进度，但他不得不承认，他跟年轻人谈话所取得的收获，远超出他对庄园本身的期待。他几乎无法想象，这里如果没有这个年轻人会是什么样子。

"你现在还有梦想吗？"当他们再次坐在露台上同饮一瓶酒时，庄园主问他。

汤姆若有所思地看了庄园主一会儿。"我还在继续寻梦。"随后他说，"之前我把这座庄园当作我的人生之梦。重建庄园就像重建我的生活一样，这让我感觉自己在做正确的事。但是后来我意识到，其实这只是过去的记忆在欺骗我自己。因为我总是想重新感受到童年的轻松惬意，这很容易让人误入歧途。我曾经以为这里能唤醒我对父亲的记忆——在童年时代，我经常跟父亲一起来这个地方。可是，时间不能倒流，那段时光也一去不复返了。如果一个人的注意力过度集中在旧日时光,那么这种怀旧思想就会主宰这个人。人们对未来的态度也是如此。这些道理都是我在这里领悟出的。"

这时,汤姆略微顿了顿,继续侃侃而谈:"我已经学会了让自己完全沉浸在每天的工作中。在过去的几个月里,我有无数个时刻跟这座庄园融为一体。是你让我跟在这里忙碌的自己融为一体,因此我才修好了拖拉机和喷泉。我能感觉到旧仓库又焕发了生机,开裂的楼梯也能带来欢乐,人们现在又可以登上这个广场。我的灵魂曾无数次触摸这个地方。现在,我感到已经形成一种深深的羁绊。这座庄园早已成为我的一部分,我也成为它的一部分。"

庄园主听完年轻人的这番话,一滴清泪沿着脸庞流了下来。小伙子已经达到他自己从未实现过的某种精神境界,这让庄园主既感到骄傲,又不无悲伤。这个地方现在有了灵魂,只可惜不是他的。他品味着年轻人的话,感到一种喜悦。生活再次回到了这个起点,他也与庄园联系在了一起,虽然方式不尽相同。正如年轻人让这里重获新生一样,庄园主也感到自己的身体恢复了一些生命力——过去他以为自己早已失去的那种生命力。

"庄园并不是我的梦想，"年轻人继续说道，"我已经领悟到了，我在这里需要学会的经验是'沉浸式工作'。这个地方只是我必须通过的第一个试炼之地。庄园让我受到了启发，胡思乱想和虚幻之梦会把人带进深渊，而如果想要寻找自己的人生之梦，则需要学会专注体验当下。"汤姆望着庄园主，继续说道，"这就是此地馈赠给我的礼物，为此我对你深表感谢。"

庄园主满意地看着他。他发现这个年轻人所取得的成就远不止重建他的旧庄园——虽然这让年轻人变得平静而充实。他看了一会儿远在地平线上西斜的太阳，然后问年轻人："那么你将如何找到你的人生之梦？"

"我也不知道。"年轻人说，"我在梦中游荡四方，反复寻找这个目标。我找了不知多少次，却始终不知道它是什么。有一个声音让我周而复始地上路出发。我心里始终充满了不安的感觉，于是我每天都在问自己：我存在的意义究竟是什么？因此我只能在沙漠中穿梭，寻找着答案。"

"你的寻梦之路把你带哪儿去了？"庄园主问道。他开始意识到，自己从未认真尝试品味真正的人生意义，他觉得自己还可以从小伙子身上学到一些东西。

"在寻找的过程中，我一次又一次地被带回原点。每天我都从同一个地方出发，无论我怎么努力，都无法到达目的地。沙漠一次次让我从头开始。但是，我在内心已经悟出了这个道理。因为这个道理就来自梦中。我认为悟出这些道理就是我的第二个任务，由此可以更接近我的人生之梦。"说到这里，汤姆不禁想起了自己的绿色水晶石。"它早已知道你的道路通向何方，并将继续引领你前行。"这是解梦师的话，于是汤姆恍然大悟，解梦师说的一切都是正确的。

"现在你想去哪儿？"庄园主问他。他看着那些钱，汤姆已经数了一整天，现在还堆在他面前。"你赚的钱已经足够你回到家乡了。"汤姆凝视着钱堆，沉吟片刻。他摸了摸裤兜里的小盒子，最后说："就在前不久，我还以为自己能够重返我原本的生活。我想忘掉自己失去这座庄园、所有财产，以及在这里经历的所有事情，"汤姆感激地看着庄园主，"但现在我不想错过这里馈赠给我的礼物。就像我始终无法唤起童年记忆一样，我也无法回到一去不复返的生活。我再也没有故乡了。不过，现在对我来说，所有的路都是敞开的。虽然我不知道目的地在哪里，但是无论生活让我去哪儿，我都随遇而安。"

庄园主盯着汤姆看了很久，年轻人内心深处的平和让他备感欣慰。他再次希望这个小伙子能在他身边多待些日子。"我们明天稍微庆祝一下庄园的重建吧，"他突然建议道，"你也可以自由放松一天，游览一下周围的村庄和整个地区，你几乎一整年都没离开过庄园。等你晚上回来，我会准备好咱们的晚饭，然后我们再商量一下你接下来的路该怎么走。"汤姆感激地接受了邀请，同时暗想，在这次邀请中，庄园主会不会还有其他什么目的。

第二十二章

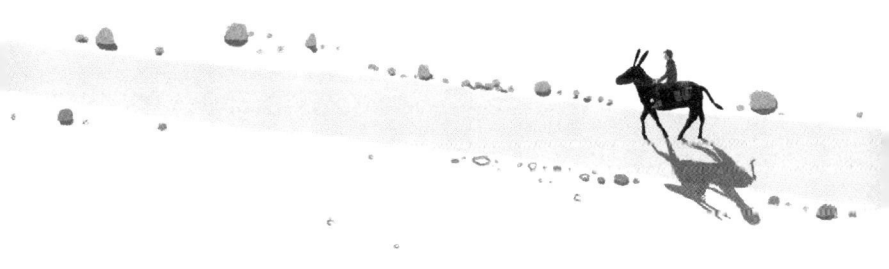

这位少女的名字叫胡安妮塔。她站在庄园楼梯的最高处，夕阳的余晖映在她美丽的脸上，一丝微笑掠过她的唇边。汤姆在爬楼梯进庄园时，膝盖一下子就软了。他从未见过这样的少女，她看起来像个天使。当浅笑变成灿烂的笑容时，汤姆被一种前所未有的感觉占据了心灵。他感受到了爱。当他爬上最后一级台阶，站到少女面前时，他仿佛变了一个人。现在，一种他从小到大从未遇到过的魔法主宰了他的生活。一切是那么轻松，那么自然而然。他再也不需要通过沉浸式工作感受完美时刻了。从现在起，他生命中的每一刻都将完美。汤姆终于找到了。

　　他想起了童年的魔法，想起了父亲，想起了和父亲生活时的轻松惬意。而现在他再次感受到了这种轻松——甚至更多。汤姆不禁心旌摇曳。

从看到少女的第一眼起，他就感觉到了一种他有生以来从未感受过的深深的依恋——甚至对父亲都没有过的依恋。汤姆终于感受到了"世界之魂"。他那块始终放在床边打开的盒子里的绿水晶，实际上属于"翠玉石板"，这块石板真正揭示了"世界之魂"所蕴含的奥秘。汤姆只需要看着少女，就能感觉到这一切是如何联系在一起的。只要在她身边就足够了，生活自然而然地向他展示了所有的完美时刻。世间万物皆有其道理，汤姆这样想着，心中充满了爱。是父亲的水晶石将他带到了这里，父亲的逝去并不是毫无价值的。父亲为他指引了这条通往美丽精灵的道路，并指明了他存在的意义。

"你一定是汤姆吧。"少女跟他打起了招呼。汤姆此前以为只要看到她就能感受到爱情，而现在一听到她的声音，他就真正体验到了什么是完美的感觉。这是汤姆曾在梦中听到的那个声音吗？他无法确定。难道她就是他醒来之前在沙漠中听到的声音的来源吗？他无法确定。但他可以确定的是，从此刻起，没有这个少女的生活对他来说是不可思议的。

"我是胡安妮塔。"少女开口了,她发出的每个字音都让汤姆着迷。他杵在这里一定是神情恍惚了,因为少女露出了尴尬的笑,告诉他庄园主在屋里忙着做饭。庄园主邀请她过来,是想把她介绍给一个将这片老旧废墟改造得生机勃勃的年轻人。

"你一定会变魔术吧。"她怀着某种感激之情说道,就像一个小女孩找回了一件遗失已久的东西。她的目光现在落在了汤姆身上,可他还是什么话也说不出来。这肯定就是做梦的感觉吧,他心中暗道。

这时庄园主出现了,打破了两人面对面矗立时温馨的沉默。"你们已经见过面了,这好极了,"他简洁地说,"但愿你不会生我的气,因为我在我们的最后一晚邀请了客人。"汤姆怎么可能对庄园主生气,不过老人的话提醒了他,自己很快就要离开这个地方了。这个想法让他如梦初醒,他不禁有些嫉妒庄园主有机会照顾这位少女。

原来,胡安妮塔曾经在庄园主生病的日子里照顾过他。

"我敢肯定,如果没有胡安妮塔,我早就不在人世了。"他在晚餐时说。他笑了起来,汤姆很好奇,是什么样的爱把庄园主和这位年轻姑娘联系在了一起。这似乎是一种跟他感受到的完全不同的爱。不过,也许这只是因为他的年龄。

他们边吃边聊了很长时间。自从几个月前来到这里,汤姆还从未说过这么多话。庄园主打量着少女看着汤姆的样子,他在她的眼睛里看出了他此前从未见过的东西。他感觉这是一种爱,远远超出了她对自己的感情。

到了互相道别的时候,庄园主把汤姆拉到一边。"你现在想好去哪儿了吗?"他试探着询问。"我不知道。"汤姆回答,同时试图掩饰告别时脑海中的想法带给他的轻微绝望。"我想我会先回家乡,然后再仔细考虑一下。"庄园主盯着看了他好久。"我想如果你在这里考虑也许会更好。"他随后说道。说完,他转向已在楼梯脚下等着他们的少女。"汤姆明天很想为你展示一下他当初修好的拖拉机,亲爱的。"他在少女脸颊上吻了一下,"我就不去那里了,不过我相信他会好好照顾你的。"然后他笑着转过身来对汤姆说,"好好照顾我女儿吧,她可是个无价之宝。无价之宝在生活中可是很罕见的。"听到这话,汤姆怔怔地看着庄园主。

  他忽然意识到,自己的后半生也许都将在这座庄园度过了。

第二十三章

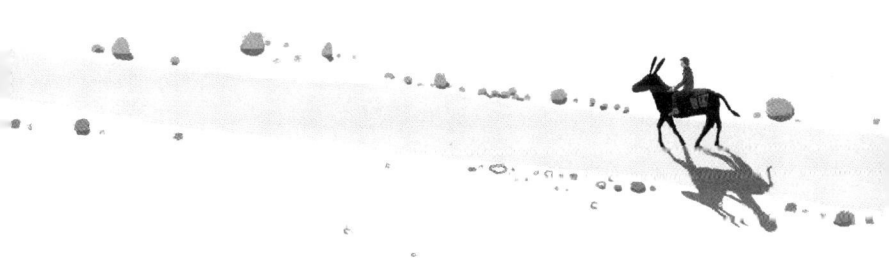

这天，当汤姆去村子里采购，此时距离他跟胡安妮塔初次见面已经过去了五个月十六天。生活似乎就像电影中的加速镜头一样匆匆而过。当他在小巷里信步闲游时，不禁想起了当初向少女表白爱意的那个时刻。

那天，她本来想看看父亲此前告诉她的那台拖拉机。汤姆鼓励她爬到自己身边的座位上，她显然有些犹豫，因为这台拖拉机看上去是如此巨大又笨重。"有我陪着你，你什么都不用担心。"汤姆大声招呼着她，姑娘笑了起来。他们在山谷的农田里行驶了一阵子，汤姆在一棵扁桃树下停了下来。还没等他离开拖拉机的座位，他就告诉她，他是多么爱她。他的心跳急剧加速，其实早在她第一次露出微笑时，他就发现她也是如此激动。

他们找到了彼此的真爱。如果当时有蝴蝶在她身边翩翩飞舞的话，汤姆可能会忍不住求婚。不过，现在他很高兴这一刻还没到来。我们有的是时间。他心想。然后思考自己应该什么时候向她求婚。

刚想到这儿，汤姆突然发现自己正站在一家小餐馆前面，也就是当初庄园主邀请他修复庄园的那个地方。这是某种征兆吗？他是否应该按照传统习俗，先请求她父亲的同意呢？汤姆问自己。现在他已经知道，胡安妮塔的父亲每次做重要决定时都会来这里。当他走近门前摆着小桌的餐馆时，他注意到一位老人正坐在庄园主常坐的座位上。如果他过去没在这张桌子旁坐过，他肯定不会注意到老人。但他在此地住了这么长时间，除了庄园主，他还从未见过其他人坐在那里。等他走近老人，他才意识到坐在那里的是谁。

"我一直都在你身边，只是你从来没注意到我。"解梦师跟他打着招呼，略显几分忧郁。汤姆有些纳闷，他还以为老人在壁炉夜谈之后就永远消失了。他曾经一度担心会出什么事，因为解梦师的消失是如此突然，连一声道别都没有。不过，他并没有听说附近发生任何意外，汤姆随后就平静了下来，解梦师可能只是陷入了财务困境，于是在全国各地寻找联系人，想索要没付清的费用吧。他为老人感到有些难过。

"我可以在这儿坐下吗？"汤姆问道，但他根本没等对方回答，就径直坐下准备陪老人待上一会儿。他兴奋地向解梦师讲述了自己最近的经历。他描述了庄园的完工情况，以及他跟庄园主建立起来的友谊。他还讲述了庄园主在最后一晚邀请他吃晚饭，以及那个晚上是如何改变了他的生活。

当他谈到那个少女时，解梦师默默地看着他。他可能想知道我最近的那个梦吧。汤姆想，同时又有些纳闷，智者今天似乎没读懂他的心思。也许他年纪大了，正在日渐失去自己的独特天赋。如果说他上次遇见老人还充满了不信任，那他现在则对老人饱含同情。汤姆决定把自己最近做的梦都告诉他，说不定这可以让老人振作起来。他讲述了贝都因人的故事，并说自己实际上早就通过了第一次试炼，正如解梦师曾经预测的那样，因为他什么都不去想了。他解释了当时他是如何学会沉浸式工作的。他说自己曾无数次骑着毛驴漫无目的地穿越沙漠，到了最后一天早上，终于在那棵棕榈树下悟出了另一个真谛。

"我现在知道我在沙漠中最后一个梦结束时所领悟到的东西了。"汤姆高兴地看着解梦师。他是如此兴奋，以至于根本没有注意到老人变得越来越安静，几乎显得有些悲伤。汤姆说："世间原本没什么目标，生活原本并非如此。人类普遍认为自己必须要寻找目标——就像我在梦中的沙漠里反复出发上路那样。有一种声音，能够让宇宙在我们心中发出鸣响，有些人压根儿就听不到这种声音。但是，那些已经学会完全与自己独处并重新发现内心声音的人，就可以听到自己心灵的呼唤。因此，我也不得不在沙漠的第二次试炼中直面自己内心的声音。当我学会掌控自己的思想，而不是被它带进深渊时，我才能再次倾听心之所在。"

说罢，汤姆满怀期待地看着解梦师。但老人始终保持着沉默，满脸倦容地凝视着他。汤姆这时也注意到了对方凝视中的那缕悲悯之情，他开始暗自担忧老人的状态到底是否健康。也许老人很难接受这样一个事实：汤姆已经能够自己对梦的含义做出解释。而解梦师的年纪越来越大，法力也越来越弱，也许他感到自己不再有什么用处了。或者，他可能迫切需要钱，并且指望着向汤姆索要当初解梦的报酬。既然如此，我很快就可以给他一些钱。毕竟，是他解读了我的第一个梦，因此我才跟他学会了如何识别梦传递的信息。汤姆想，不再揣测解梦师是否图谋他的心灵之石，他的生活早已摆脱了那些曾经让他充满猜忌与恐惧的思想。汤姆不由得再次想起了胡安妮塔，于是继续向解梦师讲述自己从最近那个梦领悟到的所谓的道理。

"虽然我内心的声音在梦中不断催促我上路，可我还是在沙漠中漫无目的地徘徊，因为我不知道自己在寻找什么。这种时光无休无止地持续着，因此，如果我没有最终悟出这次试炼的意义，我可能还在没完没了地穿越沙漠，没有前进半步。在那个梦中，我已经悟出了这些。而在现实生活中，我直到遇见胡安妮塔才想通。"说到这儿，他脸上露出了笑容。那是一种只有爱才能猛然唤醒的微笑。"宇宙告诉我，事情有时是自然而然发生的。生活总有一个值得人们依赖的计划。当然，其中也不免出现弯路和黑暗时刻。"汤姆此刻的微笑犹如阳光般灿烂。

"不过到最后，即使在最黑暗的时刻，太阳也终将出现，为人们指明道路。在我修复了庄园并重新拥有各种选择机会之后，我原本并不清楚我的路会把我带往何方。现在我已经攒够了钱，可以回家恢复我原本的生活，而其他目标也都向我敞开了大门，只不过我自己还不知道我的命运是什么。就在这一时刻，宇宙为我送来了胡安妮塔。"汤姆感到自己一提她的名字就心跳加速，"宇宙由此向我表明，我只需要待在原地，幸福会自动降临到我身边。"

解梦师似乎还想说点什么。汤姆几乎可以肯定，这位老人或多或少是在痛苦中挣扎。也许他很担心自己失去获得报酬的权利吧，因为现在我自己就可以完美诠释自己的梦了。也许他在离开忘忧之地后担心钱的问题，甚至都不知道该怎么付饭钱了。汤姆决定请他吃饭。然后,甚至还可以给他一大笔钱,反正现在自己也不再需要了,而解梦师似乎急需这笔钱,因为汤姆看到他脸上写满深深的悲苦与忧虑。

然而,汤姆不敢细问,因为他不想让老人难堪,相反,他准备为自己的长篇大论进行收尾:"在梦中,我已经决定第二天不再骑行进入沙漠了,而是在棕榈树下等待宇宙为我准备的东西,"汤姆这时停顿了一下,"然后胡安妮塔走进了我的生活。通过她,我明白了一旦时机成熟,宇宙自然会向人类揭示存在的目的,无须刻意寻找它。胡安妮塔就是我生活的意义。我终于找到了问题的答案,当初正是这个问题把我引到了忘忧之地,还让我遇到了你。"汤姆笑了。

汤姆从未感到如此幸福,过去经历的一切痛苦以及付出的努力都得到了回报。他还记得自己在失去所有财产之后是多么绝望。他想起了他在忘忧之地摆脱烦恼之前,刚到那个陌生地方时的那种迷失感。现在他甚至可以从不同的角度坦然看待父亲的去世。是父亲把我引到了这里,如果没有他,我也许永远都不会遇上胡安妮塔。汤姆想到了自己的水晶石。"你的水晶石早已知道你的道路通向何方。"解梦师在他们初次见面时就向他预言了这一点。"我很感激你为我做的一切。"汤姆对老人说。他刚想把钱拿出来,却被老人一下子拦住了。"没关系,"解梦师说,"今天有你的谢意就足够了。"他肯定感到很尴尬吧。汤姆略带遗憾地想。不过,他还没来得及接过账单并给老人一些钱,老人便已经站了起来,径自到柜台上付了饭钱,随后就不见了。

第二十四章

汤姆对解梦师的迅速离去感到大惑不解。他在餐馆前的小桌旁又坐了一会儿，思前想后。他一边喝酒，一边回忆自己跟这位老人的历次相遇，他注意到解梦师每次谈话后都会消失。在忘忧之地，他还送走过汤姆；那个壁炉之夜过后，他就偷偷溜了出去；而现在，汤姆感觉他几乎是当着自己的面逃之夭夭，这次解梦师的离开速度未免也太快了些。

他肯定遇上麻烦了，汤姆想，有些后悔自己没找到可以帮他的方法。也许解梦师的生意没有过去那么兴旺了。汤姆简要回顾了一下自己曾经的生活，可以想象，解梦师这个职业在这样的时代里肯定过得并不轻松。为梦想而努力的人越来越少了——前提是如果他们仍然做梦的话。汤姆非常理解这一点。

在前往忘忧之地之前,他自己也没有任何梦想。即使有少部分人一开始会找人解梦,但他们到后来往往也能自己解决,因此这个世界留给解梦师的生意真是不多了。

汤姆感觉自己越来越累了,这种酒在炎热的中午还挺有后劲的。如果在过去,他可能会疑窦丛生,担心解梦师在他的杯子里放了某种东西。不过,今天他只为午休中的淡淡倦意而感到高兴。他想起了胡安妮塔,很高兴通过她领悟出如何通过沙漠中的第二次试炼。当他想知道何时才能与自己的毛驴以及贝都因人重逢时,他慢慢地垂下眼皮,进入了梦乡。

第二十五章

阳光照在阿拉金的眼皮上,他不得不眨了眨眼,就这样过了一会儿,他才想清楚自己在哪里。和此前很多次一样,他又是在棕榈树下醒过来的。他躺在树荫里,这让他感到些许凉爽,他仍然在等待那个声音,然后用食物迎接自己的那头毛驴。

不过,阿拉金隐约地察觉到今天早晨与以往经历的其他早晨不同。自从他无数次穿越沙漠而不知道到底在寻找什么之后,在他内心深处已经发生了某些变化。阿拉金还记得,当他开启旅程,却发现每一次自己都在同一棵棕榈树下醒来时,他曾是多么惊讶。刚开始的时候,他认为自己有机会找出一条新道路。他可以再次尝试实现自己的目标,虽然他还不知道目标是什么。随着时间的推移,他渐渐习惯了从这里出发,去寻找一些他不太理解的东西,以至于他甚至从未质疑过为什么他会一次又一次回到这个地方。

相反的是,他很快就集中精力去寻找那条正确的道路。阿拉金全力以赴去尝试不同的旅行方法。有几次,他让自己的毛驴决定去哪个方向。他偶尔还会认为那个跟他说话的声音就是毛驴发出的。其他几次,他亲自驾驭毛驴前进。他很有条理地处理着这一任务,通过选择不同方向出发上路,来逐步缩减自己想到的各种可能性。不过,这并没有让他抵达目的地。几天过去了,他改为用碰运气的方法来决定,跟随风的方向或他认为在沙子中发现的某种标志物。然而一切都徒劳无功。在他认为自己"在路上"的那些岁月里,他始终未能找到那个连他自己都不知道的目的地。

直到最绝望的那一刻,当他确实不知道该如何前行,而且也确实无路可走的时候,他才开始思考旅程的起源问题。

"我们今天不上路吗?"他听到那个声音在问。阿拉金看了看自己的毛驴。"是时候该给你起个名字了,"他对那个声音说,"因为现在我知道你是谁了。我想叫你'科梅姆①'。"他感觉到那声音似乎在点头表示同意。"这是个很不错的名字。"他听到那个声音说。"我觉得这名字挺合适的。"阿拉金说。

"这么说我们不走了吗?"科梅姆继续问他。"不,我们今天不走了,科梅姆。""为什么不走了,阿拉金?"那声音问他。毛驴也满怀期待地望着他,就等他坐在背上,然后驮着他走进沙漠。

"你知道吗,科梅姆,在经历这么多旅行之后,我终于明白了一件事。""你明白什么了,阿拉金?"科梅姆追问道。阿拉金重新在棕榈树的树荫下坐好,发了好一会儿呆。他需要花点时间组织语言,才能把自己领悟出的道理总结成一句话。毛驴望着他,似乎看到阿拉金在脑海中将各种词汇汇聚在一起,碰撞出那句话,就仿佛铁匠打铁时迸发出发光发热的火焰一样。火花在四处飞溅。当科梅姆看

---

① 科梅姆:原文为拉丁文"Cor Meum"的连写,意为"我的心"。

到阿拉金眼中闪现过一个火花时，就知道他终于想明白了。这正是阿拉金现在所说的话——这句话是经过深思熟虑的，在说出的那一刻是如此斩钉截铁——"人生，并不是一场按部就班的旅行。"

"这是什么意思，阿拉金？"科梅姆问他。阿拉金回答："人们普遍有一种错觉，认为我们要想去某个地方，必须提前设定一个目的地才行。""那么现实生活是什么样的呢？"科梅姆问道。"现实生活其实就像音乐和舞蹈。我们听音乐不是为了听到结尾，我们跳舞也不是为了来到房间里的某个特定位置才旋转跳跃。我们听的是音乐作品本身，我们跳舞是为了享受跳舞的那一刻。我们沉浸在音乐和舞蹈之中，并不是为了某种目标而奋斗。一个目标只有在我们实现时，才能被反推验证为目标，然后我们才能开始探寻新目标的新旅程，就像我们每天都从棕榈树开始我们的旅程一样。"

阿拉金咋晚为此进行过深度思考，他认为这是一种具有特定目的的试炼。他在寻找生活的意义。这曾经是他的目标,然而在穿越沙漠的整个旅行过程中,他几乎全然忘记了这个目标。幸亏有贝都因人提醒他,如果想在寻找生活意义上取得进展,他必须停留在当下这一刻。

"所以我们今天不会上路了。"阿拉金响亮而清晰地说。毛驴仍然躺在棕榈树的树荫下看着他。随后他也走过去坐了下来,向前探着头,就这样在沙漠中心休息起来。他们休息了好一会儿,阿拉金感觉自己跟毛驴就这么躺在地上看沙子也是一种享受。忽然,他再次听到了那个熟悉的声音。

"可是明天我们的补给就要消耗光了,你打算怎么办,阿拉金?"科梅姆问道。阿拉金呆坐在棕榈树的树荫下,科梅姆的疑问唤起了阿拉金内心的担忧。就像准备围攻目标中的城堡一样,这些思绪一直埋伏在阿拉金凝视的沙丘中,它们准备随时出击并占领阿拉金的头脑。阿拉金回忆起自己第一次接受试炼时的情景,但这些思绪很快就随着沙漠之风飘散了。他再一次完全沉浸在自己的思想中:"顺其自然吧。"阿拉金的心跳逐渐平缓了下来,他那天最后一次听到这个声音，也是这么平和地重复着："顺其自然吧。"阿拉金在棕榈树的树荫下坐了好几个钟头。他不吃也不喝，只是不停地观察周围的世界。沙漠里的风对他来说就像是音乐。就在他被困意压倒之前，他仿佛在沙丘中看到了自己，居然在那里翩翩起舞，然后他就睡着了。

第二天早晨，他在当初睡着的地方醒了过来。他的头脑已经恢复了清醒。阿拉金睁开双眼，清晰地看到了太阳、天空和沙漠。他仍旧独自坐在棕榈树的树荫下。不过，这次他听到的声音铿锵有力，清晰地钻进他的耳朵。

"你看看吧，我亲爱的阿拉金，你的旅程又向前推进了一步。"贝都因人说道。贝都因人再次站到了他面前，对阿拉金来说，此人就像从未离开过。而自己好像是自从窥视了思想之镜后就一直躺在这里，从昨天睡到现在，仿佛他的沙漠之旅从头到尾都只是一场不愿结束的梦。而现在，他已从梦中醒来。

"还有最后一场试炼在等着你。"贝都因人带着暗淡而悲伤的眼神说道。阿拉金感觉自己似乎曾经在某个地方见过这副表情。就在不久前,他好像遇到过某个人,也用一模一样担忧的表情望着他。这时,沙漠的天空变得越来越暗,地平线上乌云密布,仿佛预示着一场看似要威胁到所有生命的风暴即将到来。阿拉金预感到,这会是最艰难的一次试炼。

第二十六章

当汤姆在餐馆前的桌旁从梦中醒来时,已是傍晚时分。餐馆老板没有叫醒汤姆,而是让汤姆在餐桌旁尽情午睡。餐馆老板如今已经很熟悉这个年轻人了,知道汤姆是庄园主父女的朋友,可是现在他必须为晚上的生意备好餐桌。汤姆很庆幸自己还有时间去采购胡安妮塔委托他买的一些东西,她看上去很期待跟他共同度过一个特别的夜晚。当她打发他出门的时候,他就有这种感觉。估计她也在庄园为自己做了些准备吧,想到此,汤姆不禁笑了起来。

不过,他慢慢又想起了自己的梦。解梦师说得没错。宇宙会赐予人们所需要的一切,根本没必要过多去思考生活的意义。胡思乱想只会把人引入重复无止境的沙漠旅行,而最终并没有让人接近自己的目标。其实有时候什么都不去做,让事情自然而然发生或许也是件好事。是胡安妮塔让他领悟到了这些，汤姆终于找回了自己的生活。

但是在梦的结尾处，隐约还有些他记忆模糊的东西。在他看来，好像自己曾经忽略了什么。他肯定是忘记了某件事，虽然他的旅行已结束，但他的梦似乎远没有告终。汤姆自己也无法解释这件事。他遇上了胡安妮塔，于是他的生活才有了意义。也许这一切都是为了巩固这份姻缘吧。汤姆直觉判断，这个问题很快就要被提出来了。一想到他们将确定自己的终身大事，他的心跳不由得骤然加快。

不过，这些并不是令他感到困惑的原因，应该是某种黑暗的东西让他从上一个梦中惊醒过来。他现在回想起来了，他迄今为止的快乐生活始终笼罩着一层阴影。也许只是因为解梦师上次非同寻常的迅速离去之举，他可能把自己对老人的关心带进了梦中。汤姆决定不再纠缠那些把他再度引入幽暗方向、导致情感世界被一扫而空的负面想法。他过一会儿就要见到胡安妮塔了，也许今晚他就会问她求婚。

第二十七章

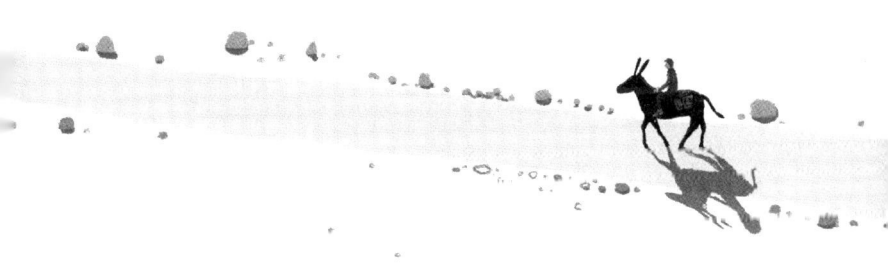

解梦师行色匆匆地离开了村子,他又一次过度信任这个小伙子了。正如他此前未能预测到黑暗会遮蔽年轻人的视线一样,这次则是快乐——甚至可能是"爱"本身——遮蔽了年轻人的眼睛。而这一次,小伙子确实应该需要他的帮助了。

当解梦师徒步穿行于草地和田野时,他看到了阴影正在朝庄园的方向飘移。一旦有人被死神送上旅途,那肯定是要付出巨大代价的。在忘忧之地第一次遇到这个年轻人时,自己也许就应该告诉他吧?但是,让解梦师感到可悲的是,此刻他看到黑暗正在一步步笼罩山谷中的小丘。他真应该早点警告小伙子啊。但是他也知道,万物的必经之途是无法改变的。该发生的早晚会发生,他无权干涉命运。他知道自己到最后什么也改变不了。生活本身的计划终将付诸实践，解梦师是无法阻止的。

这个年轻人早就忘了自己还需要通过第三次试炼。他似乎为自己找到了幸福而感到过于兴奋，以至于完全忽略了自己的梦远未结束。最艰难的考验还在后面，这足以击溃大多数人。就像那位庄园主，始终未能从地产项目的损失中走出来，再也找不到重建庄园的精神力量，因为那本来也不是他真正的梦想。小伙子如今也以为这段前所未见的爱情是他的梦想。可惜这是一个错误，因为爱本身就已足够。爱不应该与人生之梦束缚在一起。解梦师扪心自问，现在是否应该告诉小伙子关于爱的真相。

爱能战胜死亡，不会轻易消失，但这会让爱充满痛苦，解梦师为此深感遗憾。爱是不可磨灭的，它不分时间，也不分空间。我们会爱一些人，哪怕他们已不在人世。这个想法让解梦师的心情格外沉重起来。爱是"世界之魂"的综合产物，它将人类联结起来，它可以陪伴他们度过一生，并且成为一个不错的向导。爱可以让人们跟心灵对话，但爱并不是生活的目标。汤姆还必须领悟这一切真相，而这将注定是一段充满痛苦的学习过程。

解梦师现在非常担心,他知道小伙子这次真的要面临生死考验了。他不需要火焰、风声或者灰烬来泄露天机了。

因此,解梦师开始用魔法召唤这个世界上真正有效的力量。他来到自己刚才走过的草地中间,停下了脚步。解梦师闭上双眼,喃喃地念叨起大自然的无声话语。他不得不召唤蝴蝶了。

第二十八章

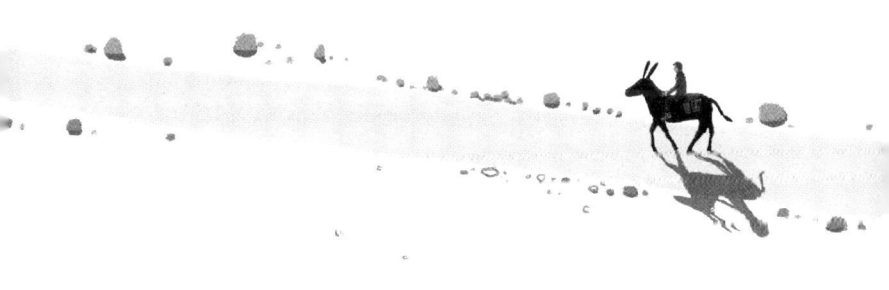

这原本应该是一个惊喜，胡安妮塔对此充满了期待。她知道一切都是从那台拖拉机开始的。她至今还记得好几个月前的一个晚上，父亲是如何在回家之后对她描述这件事的。关于那个会修拖拉机的年轻人，关于庄园即将被全部修缮一新，现在父亲的梦想终于可以实现了。她从来没有在父亲的脸上看到过如此容光焕发的神情。从那天开始，父亲就像变了个人。就像他每天晚上都要讲述庄园重新焕发生机的进展，她也看到了父亲的生活一点点恢复了多姿多彩的活力。这些年笼罩着他的灰暗阴影逐渐被驱散了。父亲与庄园同时苏醒了，开始了全新的生活。因此，胡安妮塔早在那天晚上第一次在庄园见到汤姆之前，就已经把这个小伙子锁进了自己的心灵深处。

胡安妮塔从来没学过驾驶拖拉机，但她在生活中经常自学成才，因为她必须这样做。她还记得当初她跟汤姆第一次出去兜风时，她是略带几分恐惧爬上那台大机器的。到了今天晚上，她却想不惜一切代价亲自开拖拉机去接他。

为了这个晚上，胡安妮塔已经计划了很长时间。她是故意让汤姆去村里买些东西的，而她自己也会晚点过来，在市场喷泉处和他来一次"偶遇"。她想象着自己把拖拉机开到广场上，让汤姆惊讶地发现是她在驾驭这台大机器。她还想象着他骄傲地抬头望着自己的神情，她喜欢为了他学习驾驶拖拉机。就像她一直不得不在生活中亲自学习所有东西一样，没人教过她任何东西。

她想开拖拉机带汤姆去她最喜欢的地方，就在扁桃树山坡的最高处，希望他们在那里度过一个特别的夜晚。约会结束时，她还想向他提一个特别的问题。从小到大，胡安妮塔一直都在被迫独立承担生活的重担。现在，是时候跟这个把魔法带回她的世界的小伙子共同分享了。这是从她童年时代起就再也没出现的某种魔法。在黑暗的岁月降临之时，在她的家庭以及所有财产消散时，当她的父亲日渐苍老，慢慢和庄园一起衰败时，都没有这种魔法出现。

现在，这种魔法终于回来了，胡安妮塔憧憬着这种新生活。她满脑子想的都是汤姆。在晚霞的余晖下，她仿佛看见自己和他一起住在庄园里。他们会有孩子，会一起慢慢变老。她的心因为充满爱意而激烈跳动着。胡安妮塔闭上双眼，尽情幻想着汤姆在她提出问题后看着她的样子。她脑海中最后想到的是他那张喜出望外的幸福笑脸，然后他笑着对她大声喊"我愿意"。就在这一刻——正当拖拉机在主干道上转弯之际，胡安妮塔驾驶着拖拉机一下子滑进了土坑里，她被埋了进去——当场身亡。

第二十九章

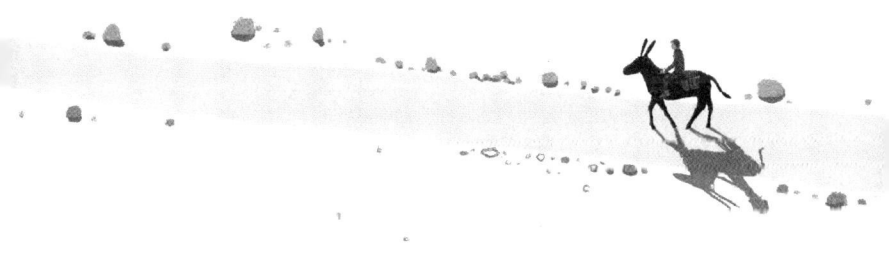

汤姆晚上回到庄园时得知了胡安妮塔的死讯。早在村子里时,他就有一种特别不安的感觉。当他走在回家的路上,这种不安感已经升级成了某种不祥之兆。当他在慌乱中发现土坑里的拖拉机时,他立即冲进了庄园。当得知这里发生了什么时,他终于意识到,自己最害怕的事情变成了活生生的噩梦。

人们认为应该马上通知庄园主——已经有人告诉过汤姆去通知庄园主这件事了,但他什么也听不进去。最终,他们把汤姆独自留在了露台上。他现在只想独处,这就是他现在唯一能说的话。

汤姆的心仿佛被撕碎了。在曾经心跳的地方,只剩下一片痛苦的虚无。这是一种无休止痛苦的空虚,而这种痛苦也是唯一让汤姆感到自己还活着的感觉。他不知道自己应该思考什么，更不知道自己该感受什么。他失去了一切力量，他的灵魂早已支离破碎。灵魂的踪迹遍布整座庄园，灵魂的碎片散落在整片田地。这些碎片隐藏在谷仓的房梁和拖拉机的残骸中，沿着小路和树篱排列，沿着鲜花和扁桃树排列，它们将那条小路撕裂，就在那里的楼梯尽头，汤姆第一次见到那个漂亮的姑娘。她在晚霞中微笑着出现在露台上的画面在他脑海中闪现，所有曾经帮助他的灵魂，在这里重获新生的东西，都在这一瞬间烟消云散。

第二天，汤姆坐在庄园的露台上，两眼无神地发着呆。他用空洞的目光凝视着山谷，甚至连这种空洞的凝视也让他备感痛苦。一旦宇宙决定夺走一个人的一切，那这个人就无能为力了。这就是他现在的想法。汤姆尝试简要地想象一下，这可能是一个自然循环。就像呼吸过程，在吸气的同时也必须呼气。这是生活的先决条件。宇宙曾经赐予你某件礼物——忘忧之地、庄园、少女的爱，然后也让你付出代价。可是，汤姆目前付出的代价对他来说，感觉就像是最后一次呼吸的那口呼气。

装有水晶石的盒子在他旁边敞开着。汤姆疲倦地瞅了一眼水晶石，它锋利的棱角在阳光下闪闪发光。他回想起自己是如何被这块石头划伤的。那是他在庄园度过的第一个夜晚，并且他感觉自己在噩梦中感受到了伤害。伤口后来愈合了，那个峡谷也从噩梦中消失了，汤姆则以为摆脱了一切厄运。但这次的伤口不会愈合了，死亡也许才是最终的结局。汤姆简要回顾了父亲去世后自己的境况。当时他的生活也一度支离破碎，自己失去了精神支柱，但他那时的生活本来就比较浑浑噩噩。而这次完全不同，胡安妮塔的死摧毁了他想要继续下去的生活——这个生活本来应该是有意义的，快乐的，更是有未来的。可是现在她死了。这个伤口不可能愈合了。

汤姆重新打量了一下水晶石。"你本应该保护我，可是，就像当年一样，你再次欺骗了我。"汤姆回想起他的手被划伤之后，他曾经认为这块水晶石可能有另一面。但是，他现在意识到，实际情况要糟糕得多。"这块石头可以保护你，只要你随身带着它，就会一切平安。"这是父亲经常跟他说的。这就是一个谎言。父亲什么都没给他留下——除了这个谎言，一个让他相信世界充满魔法与奇迹的谎言。一个梦想都可以成真的世界——只要人们坚持不懈地追求梦想，人们所希冀的一切就都会成真。但这是一个谎言。汤姆满脸都是苦涩的泪水，是饱含愤怒与绝望的泪水。"我的一生都是谎言，什么意义都没有，即使有过一些快乐，也只是为了让我更真切地去感受痛苦。这块石头就是个谎言。"汤姆内心的想法愈加强烈。

伴随着这个想法，黑暗渗入了汤姆的脑海。黑暗在鼓励他遵循这个想法，由此可以变得更强大。那块水晶石当然是个谎言。父亲什么都没给他留下——除了这个谎言。什么忘忧之地、解梦师、"无忧无虑与爱的乐土"，这些统统都是谎言，目的就是让生活中已有的真相变得更令人痛苦。一切都毫无意义，宇宙并不在乎任何生命。这一切都只是拙劣的烂笑话，是有人胡编出来的，编造者甚至连你笑不笑都不会在意。像解梦师那些人试图为生命赋予某种神秘色彩的任何努力，只会造成一种错觉，导致人们忽视这个令人悲伤的可怕真相。随后，黑暗还让汤姆产生了更为恶劣的想法：我会证明这是一个谎言。

汤姆此前一直盯着小盒子的了无生气的目光，现在转向了水晶石，那些锋利的棱角在阳光的照耀下显得异常危险。那个尖角——一直被汤姆父亲称为棱镜的神奇部分——依然闪闪发光，就像一把绿色的匕首。"我会证明的，这块石头保护不了我。"随后，在这个念头的驱使下，汤姆一把抓起水晶石。他攥着水晶石的力度是如此之大，以至于鲜血从他的手指上流了下来。在汤姆的想象中，仿佛自己已经把石头高高地伸入蓝天。"这是一个谎言。"黑暗的低语越来越响亮。就让这块所谓的"心灵之石"展示一下"心灵"的威力吧，黑暗之声在汤姆的脑海中窃窃私语着。他内心似乎有一双眼睛，看到那把流着鲜血的"匕首"刺进自己的胸膛，摧毁了灵魂最后的残余。就在水晶石插进他心脏的这一瞬间，这个谎言将会终止，一切都将结束。

汤姆仿佛看到了即将发生的景象：自己倒在地上，躯体和血液与庄园的土地融为一体。他将永远与这个地方融为一体。时间会从他身边流逝而去，这座庄园将再次沦为一片废墟。汤姆在脑海中绝望地寻找那个美丽少女，他曾经是多么想跟她白头偕老。可是他根本找不到。手掌的剧痛将汤姆的视线再次转移到他曾经精心珍藏、视若珍宝的那块水晶石上。"这是一个谎言。让它结束吧！"黑暗向他发出命令。汤姆用一副让自己彻底灵魂出窍的阴森的表情，全神贯注地死盯着手中那块锋利的石头。就在他想把石头高举上天之际，发生了一件事。水晶石的尖角上出现了某样东西——是一只蝴蝶。

在混杂着希望和疲惫的炽热泪水中，汤姆手中的水晶石掉在了地上。他一屁股坐在椅子上。阳光像一块温暖的手帕，盖在他那双冒着怒火的眼睛上。阳光使他闭上了双眼，在浑身极度疲惫无力的状态下，他进入了漫长的深度睡眠。

第三十章

"这到底是什么试炼?"阿拉金看到天空疑云密布,忧心忡忡地问。贝都因人望着黑暗的方向,现在整个沙漠都被笼罩在黑暗之中,他指着快速笼罩过来的黑暗说:"自己去看。"这种黑暗看上去几乎要吞噬在路上阻挡它的一切事物。

阿拉金望着虚无的黑暗,感到莫名恐惧。虽然他曾经学着避免让自己出现负面情绪,但如今目睹了真正的黑暗是如此可怕,以至于可能彻底占有自己,他还是被吓住了。这是一个硕大无朋的黑洞,足以吞噬在沙漠中遇到的一切。它刚才还只是在地平线上,然而不一会儿就开始飞速膨胀,很快就变得更大。阿拉金盯着这片黑暗的时间越长,看得越仔细,就发现它吞噬眼前一切的速度越来越快,甚至连天空都被一块一块地吞进去,就如同沙漠里的沙子一样被吸进洞里，并由此引发了一场巨大的风暴。

阿拉金眼看着幽暗的虚无变得越来越强大，仿佛在威胁着要吞没了他，甚至连最后一缕阳光也被这种黑暗无情吞噬了。他站在风暴中对贝都因人大声喊道："这是什么？这黑暗从哪里来的？"贝都因人被风暴撕扯着，他的长袍随风乱飘。"是你把它引到这儿的，"他反驳着大喊，"这就是你对死亡的渴望。"还没等阿拉金想明白，风暴就已经呼啸而至。被压弯腰的棕榈树也飞进了黑洞，还在天空中划出一道高高的弧线。阿拉金的毛驴被风暴抛到天上，他惊恐万状地目睹了那头毛驴凭空消失在黑暗的虚无中。

"我该怎么办？"阿拉金朝贝都因人咆哮起来。四面八方，狂沙飞舞。在风暴中，阿拉金几乎看不到贝都因人了。他跪了下来，才发现贝都因人仍腰板笔直地站在他面前。风暴从远方席卷而至，越来越近，吞噬着贝都因人身后的整个地平线，贝都因人就这样直挺挺地被凌空卷走了，在怒号的风暴中，被永恒的黑暗吞了进去。

"茵拉克希！"阿拉金拼尽全身力气大声呼喊起来。在这一刻，他放弃了所有的希望，他对生活的所有勇气仿佛都消失在了这片黑暗中。他感觉自己的身体虽然还蜷缩在沙漠中，但自己的灵魂早已迷失了方向，被彻底卷入黑暗中。周围的一切都变成了黑色。就在他闭上双眼、准备任凭这永恒的黑暗肆虐的最后一瞬间，他忽然看到好像有什么东西在黑暗中闪闪发光。

只是一闪而过的火花而已，阿拉金自己也很难说清楚它来自何处以及具体是什么。他将目光转向黑暗，努力寻找那闪亮的火花。事实上，就在他拼尽所有残余的力量凝视那黑暗时，火花再次闪烁起来，而且越闪越快，越闪越大。就在那黑暗之中，某种东西在逐渐增大，轮廓清晰可见。它闪闪发光，照亮一切，仿佛是一线希望在徐徐衍生，驱散了黑暗。

暴风雨慢慢停息了下来。沙子重新铺满大地，天空恢复了正常，灿烂的阳光再次照耀在天地之间。就在阿拉金眼巴巴地期盼着黑色地平线上那一丝微薄的希望的时候，棕榈树和他的毛驴竟然也都回来了。

"现在你明白了吧!"他听到了贝都因人的声音。贝都因人平静地站在他身边。这时,沙漠中那个闪闪发光的东西出现在他们面前,美不胜收。那是一块巨大的绿色水晶石,从沙漠的沙子中冉冉升起,为阿拉金的世界赋予了明亮的色彩。

阿拉金总感觉眼前的这幕场景似曾相识,虽然没有这般宏大。不过,当太阳位于水晶石上方时,光照折射的方式也随之变化。阿拉金恍然大悟,在他面前的是一个巨大的实心玻璃棱镜,棱镜徐徐展开,外形越来越像一座巨大的金字塔。

"你必须亲自进去寻找它的中心。"贝都因人对他说。阿拉金看了看贝都因人,随即又看了看金字塔,那里面闪现出由阳光照射形成的五彩光线。阿拉金饶有兴致地观赏着这幕奇观,以及由这些美丽光线在金字塔内部折射形成的宏敞空间和大厅。"入口在哪儿?"阿拉金找了一会儿,问道。不过,他随后发现自己是在对空气说话,因为贝都因人又一次消失得无影无踪了。

当正午的太阳升至巨型棱镜正上方的最高位置时,轻柔的色彩游戏就被转换成一道由鲜艳的绿色、蓝色、黄色和红色组成的色彩风暴,仿佛是将红宝石和祖母绿一下子都倾泻在金字塔的走廊和房间中,那里的地板和墙壁变得一目了然。透过玻璃,阿拉金从外面可以看到金字塔中发生的一切。他的视线追随着最后一束断裂的光线,这束光线落在棱镜的最底部,在那彩虹般五彩缤纷的轮廓中,他看到了一个巨大的入口。原来是在金字塔底座处开了一扇大门。

"让我们进去吧。"汤姆再次听到科梅姆的声音,无须回头,他能感觉到毛驴跟在自己身后,不一会儿就站到了自己身边。阿拉金镇定自若,一步一个脚印地朝入口走去。在他看来,通向大门的台阶仿佛是无穷无尽的。红宝石特有的红色与猫眼石的蓝色、祖母绿的绿色以及金黄色交相辉映,一切都仿佛如水晶般闪耀。就在他们到达金字塔顶端时,一扇门自动打开了。这扇门看上去像是直接通往彩虹的内部。

阿拉金犹豫了一会儿才敢进去。里面的色调温馨而美好,不过他感到这里存在某种不祥之兆。这里似乎隐藏着一种力量,在颜色流动的方向出问题时,能够颠覆一切。"我们要冒一次险吗,科梅姆?"他问那个声音。随后,他的毛驴一点点走进了入口,没过多久,阿拉金和他的毛驴就消失在了这个五光十色的世界里。

阿拉金也说不清自己在金字塔里来回游荡了多久,因为他感觉他们所处的这个空间如同一个巨大无比的迷宫。每条走廊的颜色各不相同,沐浴在不同的光线中。当阿拉金穿行于某条走廊时,他能感觉到此处的光线色彩能量与他建立了某种联系,从而自己体内也释放出了某种能量,仿佛是启动了内部的能量旋涡。阿拉金好像在古代的风俗传统中听说过这种事,其中的关键数字好像是"七"。

在这个金字塔里,我感受到了自己的存在。阿拉金想。同时,他隐约意识到,自己走过的走廊中,那些五颜六色的光线就是触发他内在能量的能量点。那么,我选择的方向肯定就是正确的。他给自己打气。这时,他想起了贝都因人说过的话:"你必须到中心去。"

阿拉金渐渐明白了,一旦自己走在正确的方向上,他所沐浴的不同颜色的光线所触发的他内心产生的能量就是比较有益的。比方说在红色的走廊里,他能感受到温暖与安全,他感觉自己仿佛与大地母亲连为一体,同时生出一种"自己也是这个世界的一分子"的祥和感觉。不过,一旦他选错了方向,这股能量就会产生截然相反的作用,骑着毛驴的阿拉金就会感觉自己几乎就要失去平衡,得费九牛二虎之力才能勉强保持住坐姿。于是,恐惧感便会取代安全感,对孤独以及迷失在这个世界的忧虑感便会取代亲密感。但是,阿拉金此时已经学会了"活在当下",因此,他可以一方面享受着色彩能量带来的愉悦感,另一方面借助内心的平静力量忍受不安的感觉。

在此期间,通过如此深入和专注的自我倾听,他渐渐形成了一种自觉意识:在迷宫中,自己能判断何时走的是正确的方向,何时需要调整自己的方向。

就这样,阿拉金骑着毛驴在迷宫里走了很久很久,陆续体验到了人类情感世界的各种精彩瞬间与恐怖时刻，但他仍然心平气和地坐在毛驴背上。有时候，就在他完全沉浸在当下的这一刻，他总觉得过去自己好像经历过这种骑驴的体验，仿佛在他的内心深处早已认识到某种真相，可惜又被他忘光了。

于是，阿拉金就这样，骑着毛驴，在五彩斑斓的金字塔内穿过不计其数的走廊。他逐渐意识到，他们即将走到尽头。同时，他也逐渐熟悉了走廊的不同光线所触发的不同能量，避免走上错误的方向。因此，他渐渐有一种感觉，自己身体里的所有能量现在已达到了完美的和谐状态。就在这时，他看到自己刚刚踏入的走廊的尽头处，有一个身影被明亮的光线笼罩着。阿拉金以为自己终于到达终点了，于是怀着喜悦的心情朝这个身影走了过去。

可是，当他骑着毛驴走出走廊时，他惊讶地发现自己竟然已经站在了金字塔外面，他再次回到了金字塔的入口前。那些明亮的光线原来是太阳光，而现在站在台阶顶端大门入口处的人正是贝都因人。

"你必须到中心去。"贝都因人提醒阿拉金需要完成的任务。阿拉金一时不明就里。他一度以为自己刚才已经抵达了目的地。"是我忽略了什么吗?"阿拉金转身又骑回了金字塔内。但过了一会儿,他再次发现自己站在了入口处,而贝都因人再次告诫他必须找到中心。阿拉金用尽了自己所能发挥的一切判断力,竭尽全力在迷宫中寻找正确的方向。同时,他竭力对抗着某种诱导自己内心产生负面情绪的能量,就像他骑着驴在那些色彩完美搭配的走廊穿行时,始终在努力避免自己的喜悦演变成傲慢。不过,这些努力全都无济于事。所有的道路一次又一次将他引回大门口,引到贝都因人向他发出提醒的地方。

阿拉金想放弃了。这时,太阳已经西斜,夜晚即将到来,金字塔内的壮丽景象正在慢慢消失。太阳光在大门上方的拱门上投下阴影,从而揭示了阿拉金每次骑驴走过入口时都忽视的东西——那就是雕刻在大门上方拱门上的一系列单词。阿拉金绞尽脑汁,才勉强破解。当他明白的那刻,一下子就懂了自己的任务。他的视线转向贝都因人,对方此刻正站在大门前，身后的沙漠夕阳就像在镜子中一样发出光芒。

"现在你明白了吧，"贝都因人温和地笑了笑，"想离开这里，就只有一条路。"阿拉金点头称是。"而这条路，你必须独自前行。"听了这话，阿拉金感到几分忧伤。他尽量克制着，不让自己悲从中来。不过，他仍然感到有一种微弱却又温暖的痛楚在自己体内缓缓蔓延着。"一切都会过去的，"贝都因人说道，"虽然这算不上真正的告别，但还是让我们握个手吧。"说着，贝都因人把两只手都伸了过来，阿拉金很想跟他握一下手，可是，就在他伸手即将握住贝都因人的手时，他看到自己的手指消失在贝都因人的手指中，仿佛手指伸进了水里。在他看来，自己似乎正在融入自身的倒影之中。随即，他的胳膊也与贝都因人的胳膊融为一体。就在他与贝都因人合二为一之际，他趁着最后一次机会，看了看对方的脸。为了表示告别，阿拉金做出一个谦卑的姿态，他把头微微前倾，说道："那好吧，茵拉克希……""阿拉金，对此我深感荣幸。"贝都因人回答道。

通过贝都因人的倒影,阿拉金感觉自己似乎正从他的身体里穿过。现在,他终于想起自己是谁了。

当太阳在地平线上逐渐西斜时,大门上方的文字也在慢慢消失。石头上雕刻的是人类历史上最古老的一种语言:茵拉克希-阿拉金,你即是我,我即是另一个你。

第三十一章

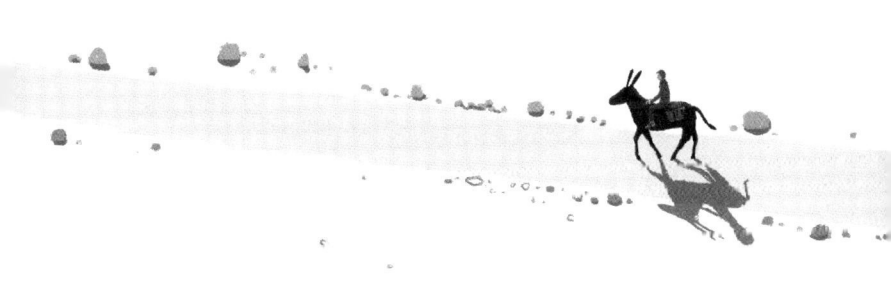

汤姆睁开双眼，似乎有人在身边叫他。他看到了一张惊恐的脸。"小伙子，你出什么事了？你还好吗？"原来是庄园主站在他面前，庄园主面无人色，视线落在汤姆的手上。汤姆察觉到他的紧张神情，这才发现那只手倒在他身旁的椅子扶手上，竟然沾满了鲜血。

他慢慢地恢复了知觉。他意识到，那天发生事故之后，他坐在门廊的扶手椅上，一只手鲜血淋漓，如此疯狂的一幕，肯定会让任何发现他的人都感到毛骨悚然。同时，他也意识到美丽姑娘胡安妮塔的死亡是真实发生的。他一时感到心痛如绞。不过，在自己还未被这种感觉主宰之前，他还是尽量振作了一下。他不想再刺激姑娘的父亲了，这肯定不是她所希望的。"我没事，"他带着几分恍惚的神情安抚着庄园主，"我只是被割伤了而已，可能是失去了知觉。

我当时没看到什么血。"说最后这句话时,他发现庄园主在极力忍着眼泪。汤姆这时想起了拖拉机,不由得又回想起姑娘是如何因它而死的,不禁也两眼含泪。庄园主看到此情此景,他的情绪也崩溃了。他像一个小男孩似的,把脸埋到了汤姆的膝盖上,汤姆低头看着他,自己也忍不住哭了。他们就这样相互依偎了一会儿。两个人都失去了生命中最重要的人,都感到万分内疚。如果他们俩不曾相遇,庄园也许就不会有修好的拖拉机,两人都为此懊悔不已。当他们再次望着对方时,他们的眼睛里流露出一个相同的问题:为什么他们不能放弃自己的梦想?

"因为梦想总是需要牺牲者的。"突然,他们听到一个声音。出现在他们面前的是解梦师,他站在门廊旁,也不知是从哪儿冒出来的。他很高兴看到小伙子还活着,至少这次他来得还不算太迟。

"你从来没告诉过我,为了这个梦想需要付出这么大的牺牲。"汤姆听到庄园主用颤抖的声音对解梦师吼道。难道他也认识这位解梦师?解梦师看到汤姆一脸疑惑的表情。

"所有的梦都会吸引我,哪怕是错误的梦。"他转头对汤姆说,似乎再次解读出了他脑海中的想法。

这时,庄园主也发现解梦师原来也认识这个年轻人。"是他把你送到这个遭受诅咒的地方的吗?"他那颤抖不已的声音变得越发刺耳,他怒火中烧。汤姆点了点头。于是两人都转过身来,用质询的目光死盯着解梦师。

"你必须自己决定这一切,无论是面临最后一次试炼,还是你甘愿永远失败,就像眼前这次一样。"解梦师对汤姆说道。同时,老人严厉地指了指那位庄园主,没等汤姆做出反应,就继续说道:"如果你现在选择放弃,那么你就会跟他一样。你将背叛自己的梦想,将梦想沦为一种虚幻的东西。但是,如果你坚持通过这次试炼,你所追求的就一定会实现。"汤姆听后,开始认真思考起解梦师说的这番话。

"滚出去!"庄园主对解梦师狂吼起来,"你只给我带来了不幸!"解梦师充满怜悯地望着他。"不,只有你自己是这样的,"他坚定地看着庄园主说道,"开启一个梦想的人必须亲手结束这个梦想。如果做不到这一点,就必将走向失败。而你自己必须对这一失败承担全部责任。"

汤姆发现，庄园主在听到这些话时，脸上露出了某种他似曾相识的复杂表情。"你答应过，给我一个庄园，我可以从那里挣回自己的所有资产，可现在我的女儿死了！"汤姆感到有某种黑暗的东西在庄园主身上蔓延开来，而这种黑暗恰恰是他自己刚刚经历过的。"你欺骗了我！"庄园主愤怒极了。"你欺骗了我"这句话在汤姆的脑海中回响。他自己刚才不也是这么想的吗？汤姆忽然像变了一个人。他一把抓起那个小盒子，连同盒子里的那块水晶石都塞进口袋藏了起来。这时，他看到庄园主的脸上呈现出一种黑暗，那就是黑暗本身。他当时握着水晶石想结束自己的生命时，肯定也是这副模样。汤姆看着自己被割破的手，恐惧感油然而生，因为他注意到，暴怒中的庄园主已经渐渐被黑暗笼罩住了。

"看看吧，我的孩子，"解梦师再次对汤姆说，"他无法追随自己的梦想，现在他甚至连责任都不想承担了。"汤姆悲伤又充满同情地看着跟自己做了这么长时间朋友的庄园主，他想说些什么。可是，当庄园主看到汤姆若有所思的样子，也对他怒吼起来："你也给我滚出去！"好像还嫌骂得不够，他又继续吼道，"我女儿就是因为你才死的！"汤姆听了这话，一下子愣住了。他看着庄园主脸上的神情，感觉对方已经不再是原来那个人了。在极度的愤怒下，庄园主又说了一句话，而这句话足以彻底摧毁他们之间的一切："你的拖拉机杀死了她。你是个杀人犯！"这些话一下子切断了汤姆为庄园重新注入灵魂后两人之间缔结的情感纽带。如果说思想可能引发灾祸，那么言语的伤害却是永恒的。两个人之间的一切再也无法复原，虽然他俩刚刚还悲痛地依偎在一起，但此刻的这句话足以令他们形同陌路。

解梦师已经带着年轻人离开很久了，庄园主仍然蹲坐在门廊，充满了愤怒，饱含着泪水。仇恨和黑暗早已侵蚀了他的心。但是，比起年轻人、解梦师或者世界上其他人，他现在最恨的就是自己。因此，庄园已变成一个黑暗的地方，人们无法实现的梦想都在这里聚集，并将在这里自行毁灭。

第三十二章

"我现在该怎么办?"汤姆望着解梦师问道。他们在草地和田野间漫无目的地游荡了很长时间,沉默中夹杂着深深的悲伤。庄园已经距离他们很远很远了,几乎就像是属于另一个世界的。

"从这里,你可以去任何地方。"老人沉默片刻后对汤姆说。他们已经离开了草地和田野,沿着无尽的小路漫步,直到来到一个小广场。广场中间有一块石头,汤姆坐在石头上休息了一会儿。老人静静地站在他面前,遥望着这个世界。小路从广场这里开始分岔,汤姆发现这里其实有好几条小路交错着穿过。老人说得没错,从这里他可以选择任何一条路。

"我再也走不下去了。"汤姆看着解梦师的眼睛说。他既没有失去生活的勇气,也没有迷失方向,他只是感到自己走到了人生某个阶段——实在坚持不下去了。他感觉自己既不能生，也不能死；既没有力量去恨，也没有力量去爱。他不愿让自己随波逐流，也不愿继续奋力寻找目标。但是，他也并不情愿任由自己从此沉沦下去。他提醒自己绝不能沉沦下去。

"如果别无选择的话，我想你只有一条路可以走。"解梦师对他说。汤姆环顾四周，他看到自己面前有很多交叉的小径。他想象着这些岔路将把自己引向何方。其中一条路，他仿佛看到自己沦为一个被打败的人——就像庄园主那样，躲在一个庄园里，陷入颓废与无尽的痛苦中不能自拔。而另一条路则让他重返过去的生活，他每天都沉迷于回忆之中，没有任何未来，日复一日被痛苦主宰——这种痛苦早就取代了什么沉浸式工作。他最终选择结束自己的生命，在弥留之际，他甚至希望自己应该在多年前的庄园露台上就做个了断——趁着那时他还有点力气。第三条路则把他送回了旅途。他也许会回到忘忧之地，再品尝一次葡萄酒，再享受一次无忧无虑。不过，那酒的味道寡淡无比，苦涩得让他连一丁点儿无忧无虑也感受不到。他的生活充满了重复，他一次又一次犯下同样的错误，当然偶尔也会有一点快乐，也许还有一点爱的感觉，但他还是会感到悲伤，甚至有时会陷入绝望。无论他有什么感受，每次对他来说都只是一种苍白无聊的复制品。他看着自己一点点黯然失色，直到几乎变成一个透明人。在生命走到终点的那一刻，他从这个世界消失，是如此微不足道，以至于他本人或其他任何人都未曾真正留意过。

因此，他看到的每一条路都通往近乎毫无希望的末路。汤姆坐在石头上，呆若木鸡。他感到自己都快变成一块石头了。也许我会跟自己正坐着的这块石头逐渐融合，最后跟它合为一体。也许我还可以为路过的旅行者当向导，因为我知道从这里出发的每一条路。他突然想到。我可以一直在这里坐下去，为过路人指点迷津。这样也许会让我的生活更有价值感，我可以向每个人指明未来的期许，我的经历应该可以帮助他人走上一条更适合自己的路。可是汤姆知道，所有的道路最终都将引人步入歧途。这些弯路让所有路过的旅行者都走进汤姆经历过的——同样未能实现目标的——生活之中。于是我将会成为一个将人引入虚假梦想的向导。

"我从未教过你解读那些预兆。"解梦师突然打断了他的沉思默想。汤姆抬起头来,他一直看着蝴蝶的迹象,以为自己早晚会有能力解读自己的梦,然而他自以为察觉到的迹象都被证明是错的。在第一次接受试炼时,他的思想就欺骗了他,就像他对胡安妮塔产生爱情一样,她甚至让他忘了自己的道路还远未结束。

"对于你的第三次试炼,你还需要看到某种预兆。"解梦师说道。汤姆用质询的眼神盯着他。"它们越来越近了。你只要留心跟着就行了。"解梦师继续说道。听到这番话,汤姆垂下眼睛,不经意间发现自己坐着的这块石头表面竟然写了东西,不像是文字,而是某种图案。乍一看,汤姆还以为是蝴蝶之类的图案,但他随即发现自己又错了,只是表面看上去略有相似,但好像另有玄机。汤姆站了起来,端详起石头来。这时他看清了上面所画的东西,原来是一个贝壳①。

"你必须继续前进，直到你找到那座教堂，"汤姆听到解梦师循循善诱道，"我会在旅程终点等着你。"汤姆转过身，解梦师已经不见了踪影。这一次，他并没有像在忘忧之地那样把汤姆送走，也没有像壁炉之夜结束后那样偷偷溜走，更没有像上次在小餐馆偶遇后那样仓促离开。对汤姆来说，这次解梦师似乎是彻底消失了——就像他梦中的贝都因人一样。

汤姆又看了看贝壳，他知道老人说得没错——你必须到中心去。这应该就是他尚未面临的试炼吧！他曾经经历过那一刻，也体会过那种漫无目标的感觉，这两者都会帮他走上最后的旅程。他拾起路边的一根大树杈，做成一根手杖。然后，他踏上了旅程，为了抵达圣地亚哥-德孔波斯

---

① 贝壳：此处的贝壳为重要标志。圣詹姆斯之路、圣地亚哥之路、圣雅各之路是西班牙的三大朝圣之路，其中圣雅各之路的重要标志就是一个白色的贝壳。

特拉①,就必须选择"圣雅各之路"。

---

① 圣地亚哥-德孔波斯特拉:西班牙加利西亚自治区的首府,相传耶稣十二门徒之一的雅各安葬于此,因此成为天主教的朝圣胜地之一,是大批虔诚朝圣者的终极目标。

第三十三章

"你是谁?"当汤姆听到这个问题时,他已经走了上百公里。这个问题是这条路提出来的,也是这条路唯一会提的问题,它问过所有选择这条路的人。然而汤姆无法找到答案。

他经历了漫长的旅行——从塞维利亚到萨拉曼卡,现在快到奥伦塞了①。这期间他忍受了无尽的孤独,他无数次地回想起自己最后做过的那个梦。正如他在玻璃金字塔的迷宫中体验过自己内心五光十色的能量一样,这条路也让他的内心焕发出光芒。是这条路让他与大地母亲联系在一起,让他感受到生命的能量,让他拥有了自己的思想,内

---

① 塞维利亚,位于西班牙最南端的安达卢西亚地区(即本书庄园所在地)。萨拉曼卡,位于西班牙西部。奥伦塞,位于西班牙西北部。书中人物汤姆的步行路线为从南到西北。

外明澈，净无瑕秽。这条路还让他学会倾听内心的声音，与自己的灵魂展开对话。汤姆想起了自己在梦中的最后一刻才意识到贝都因人其实跟自己并无不同。万物归一，一生万物，内外两界皆为一体，汤姆想，如其在上，如其在下。

但是，这一路上，汤姆始终没有再做梦，也许是因为他对做梦太过期待了，也许是因为梦阻碍了他的某种悟性，而他自己还没有找到这种悟性。"你是谁？"难道他只有回答了这个问题后，才能抵达中心吗？抑或答案就在汤姆梦中苦苦寻觅的那个中心？

在长途跋涉后的一个晚上，他停下来休息，在篝火的映照下，他端详起小盒子里的那块水晶石。现在距离圣地亚哥-德孔波斯特拉只有不到一百公里了，汤姆只需再熬上几个晚上，就可以在那里重新做梦了。"你的水晶石早已知道你的道路通向何方。如果它已知晓，你岂能对此一无所知？"这是老人在忘忧之地告诉他的，他说的一切都准确无误。汤姆深深地望着绿色水晶石。那么，我的心灵之石，请告诉我：我是谁？汤姆在等待一个预兆，期待着某种回答。

"我可以坐在这儿吗?"忽然,他身后传来一个洪亮的说话声。汤姆吓了一跳,赶紧将宝石盒子塞进上衣。他转过身想站起来,但陌生人示意他坐着别动。"对不起,我并不想故意吓你。"一名中年男子站在汤姆面前。他看上去不像西班牙当地人,很可能也是位朝圣者。看他的浅色皮肤和金棕色头发,估计他来自欧洲北部。汤姆之所以这么认为,是因为他能从刚才那两句话里听出一点口音。原来,这个人是荷兰人,他向汤姆做了自我介绍,并且说自己正在去圣地亚哥-德孔波斯特拉的路上。汤姆实在没兴趣聊天,但也不想失礼。毕竟这么长时间以来,这名男子是他在路上近距离遇到的第一人,其他绝大部分朝圣者都是在城市和乡村遇到的。由于他很早就决定在室外度过温暖的夏夜,没住过任何一家旅馆,所以他几乎不习惯与人交往。

汤姆希望通过这种方式尽快找到自我,并通过最后一次试炼。不过就在此刻,就在他即将到达旅程终点之际,宇宙似乎派人来帮他完成最后的任务了。

"是什么让你走上了圣雅各之路？"荷兰人问道。汤姆稍微犹豫了一下，就向男子讲起了自己的故事。第一天晚上，他只讲述了自己的不幸遭遇。第二天他们决定一起走一段路之后，汤姆又讲述了自己的其他经历，以及在庄园发生的事。荷兰人也向汤姆讲述了自己的情况，他出生在一个非常富有的家庭，对丰富的物质生活逐渐感到厌倦。他渴望探寻人生的意义与可能性，最终，他意识到自己除了去圣地亚哥-德孔波斯特拉，其实没有其他选择。

他们就这样一起徒步旅行了近三天。汤姆问荷兰人是否做过梦，荷兰人一开始似乎没理解是什么意思，直到汤姆向他讲述了忘忧之地、解梦师以及自己做过的梦。"这跟我的经历一模一样。"荷兰人激动地说，"自从我来到这个国家，一直都是梦在指引我踏上这段旅程，寻找自己存在的意义。我也在扪心自问：我到底是谁？"听到荷兰人也有过类似的梦，汤姆感到既惊讶又惊喜，不过，估计在这条圣雅各之路上擦肩而过的许多人，应该都曾被汤姆面临的问题触动过。

"我有一件宝贝在指引我前进。"第三天晚上，他们并肩坐在篝火旁，荷兰人终于说出了秘密。汤姆满怀期待地望着他。"那是一颗红宝石，是我家族的一件传家宝，我祖母认为它蕴含着魔力。"荷兰人解释。"我也有一块水晶石。"汤姆兴奋地喊了起来。他几乎不敢相信竟然还有其他人同样受到石头的指引，但这大概就是这条路的意义所在。人们会遇上同病相怜的人，也许还可以向对方学习。宇宙派这个人来，就是为了帮他通过最后的试炼吧！

"那是一块水晶石吗？"荷兰人忽然刨根问底起来，汤姆的内心立刻产生了某种不信任感。也许是因为对方突然发问的方式吧，汤姆很快就将原因归结到他的古怪口音上。毕竟，他已经学会了不要过于执着自己的思想，因为这些思想经常让他误入歧途。汤姆的世界不应该再被猜忌之心左右了。犹豫了片刻之后，他告诉荷兰人，这块水晶石是父亲当年留给自己的。他还讲起了"翠玉录"，不过他对此透露得很少，同时他将奇迹解释成水晶石本身实现的。尽管如此，汤姆还是很高兴荷兰人没有让他拿出那个盒子。

也许他也不愿意公开自己的红宝石吧，汤姆想。这个想法让汤姆平静了许多。也许，作为一个富裕人家的儿子，在公开展示个人财产时，会有些不愉快的记忆。想必荷兰人在这方面也格外谨慎，毕竟人们经常听到一些骗子和小偷的故事，这种人善于利用朝圣者的信任，窃取他们的财物。当然，汤姆在这天晚上也巧妙遮掩了一下，说自己的那块水晶石可能只是不值钱的玻璃片。不过，荷兰人早就不怎么认真听了。他们俩都很疲惫，于是就在篝火旁昏昏睡去。

第二天，他们迎来了最后一段旅程。

第三十四章

第二天早上,当汤姆醒来时,荷兰人已经踪影皆无。他吓坏了,赶紧摸索着寻找自己的宝石盒子,由于情绪太激动,他一时没有找到。后来,他回想起昨天睡前的场景,才平静了下来,原来自己只是把它放在另一个口袋里了。他往盒子里瞥了一眼,原封不动的石头让他松了口气。

"来尝尝早餐怎么样?"突然,他听到荷兰人在身后说。汤姆耸了耸肩,本以为荷兰人早就远走高飞了呢。可现在他略显尴尬地看到,荷兰人只是去了宿营地附近的一家小旅店,还带回了新鲜的咖啡和一些糕点。"我醒得早,就怎么也睡不着了。"荷兰人说,然后马上就猜出了汤姆的想法。"你以为我偷了你的水晶石开溜了是吗?"他试探着问汤姆。汤姆沉默不语。荷兰人笑了笑:"别担心,我能理解你,我自己也经常这样。人们一旦拥有财富,就禁不住会担心别人想要偷自己的东西。我不会怪你的。"

汤姆如释重负，有点羞愧地向荷兰人点头致意。他对荷兰人的反应感到高兴，开始对这个人产生好感，虽然对方偶尔会显得有些古怪。自己还是太多疑了，汤姆心中暗想，并决定今后尽量少听自己脑海里的想法。

他们一起吃了早餐，还聊了一小会儿，然后是时候动身了。如果今天走得顺利的话，他们只需要再坚持一个晚上，就能到达圣地亚哥-德孔波斯特拉了。他们静静地走着，奋力前行。

在旅途中，汤姆经常从侧面打量这位荷兰人，想知道他能否帮自己通过最后一次试炼。"是这个人启发了我，不要过度胡思乱想。"他对自己说，"说不定今晚会发生些什么，就在这最后一夜，我可能还会做个梦，从而结束我的旅程。"

事实上，就在这天晚上，在篝火旁确实发生了让汤姆意想不到的事情。正当荷兰人和他坐在篝火旁吃晚饭时，一个肤色黝黑的小个子男子凑了过来，加入了他们的营地。

他也是一位朝圣者，来自遥远的东方。

他从一开始就让汤姆和荷兰人感到有些惴惴不安。他俩距离圣地亚哥-德孔波斯特拉只有几公里了，现在遇上其他人其实并不稀奇，但这个小个子男人让汤姆很是疑心，汤姆发现荷兰人也备感不适。虽然他已经下定决心不再追随这类坏念头，但他还是提醒自己，如果荷兰人也产生了几分怀疑的话，他完全有理由提高警惕。

当那个东方小个子暂时离开营地去放松时，荷兰人对汤姆说："但愿他不会打劫我们，我了解这类人。毫无理由把他打发走确实不太礼貌，可在他面前我就感觉不舒服。"汤姆对此表示同意，随即又问他们现在应该怎么办。"我想我们中的一个人今天应该在附近的旅馆住下。我们不能同时都走，否则他可能会跟来，甚至还会打劫我们。""那我们的宝石怎么办？"汤姆问道，他知道他们必须在小个子回来之前想出对策。"我们中的一个人必须把两块宝石都带走，这样就可以避免宝石跟那人在一起。"荷兰人说。当他看出汤姆对这个提议感到非常不安时，他诚恳地问汤姆："是你去还是我去?"听到这个问题,汤姆心里又释然了许多。他竟然会把红宝石托付给我。汤姆心想,同时又一次感到羞愧,因为有那么一瞬间,他再次对荷兰人心生疑虑。

"你悄悄去吧。"这听起来几乎像是道歉了。汤姆想向荷兰人证明——当然更重要的是向自己证明——他现在真的克服了自己的坏念头,可以信任他人了。"那好吧,明天早上我就在旅馆外等你。然后我们一起共进早餐,再一起徒步去教堂,完成最后一段旅程。"荷兰人笑容满面地答应了。汤姆松了一口气,也许这就是他必须通过的试炼,然后才能找到自我。他必须学会相信这个世界。

他拿出了自己的小盒子,把它交给了荷兰人。汤姆已经可以将自己最重要的资产托付给这个世界了,也许这个世界并不邪恶。虽然他认识荷兰人才几天,但显然是宇宙派他来的,目的是让汤姆学会换个方式看待世界。总是随身带着水晶石盒子确实不太方便,汤姆必须鼓起勇气彻底放手。因此,当他看到荷兰人将小盒子妥善保管好,他感到非常开心。

等小个子男人回来后,荷兰人自称对食物不太满意,宁愿今晚去旅馆过夜。当荷兰人在火光的映衬下收拾好东西,带着他的石头离开时,汤姆笑了。他已经真诚地向自己以及向这个世界表明,他可以信任世界,并希望进一步对自己敞开心扉。汤姆想,那块石头阻碍了我的前进,远离石头,也许可以让我更接近自己。

这时,小个子在汤姆旁边睡着了,甚至还打起了呼噜。汤姆则回想着这几天发生的事情,不知不觉也有些疲倦了,但他忽然又有些惊讶,自己为什么如此轻率地把石头交给了他人?这样做是不是太鲁莽了?明天早上大概能拿回来吧。如果我连一个晚上都离不开那块水晶石,那么我这一生可能都要跟它绑在一起了。汤姆再次想起了庄园主和他那座庄园。不过,与此同时,他又觉得这些想法似乎有点奇怪,因为这块水晶石应该能够指引自己。他怎么能不带水晶石去寻找白我?在他就要蒙眬入睡之际,仍然在质询自己。你必须放下自己最在乎的东西,然后看看它们是否会回来。只有这样,你才能确信自己是否真爱它们。他脑子里一直思绪万千。可是,即便如此,它怎么帮我发现自己是谁呢?说不定通往中心的路距离中心只有一步之遥?汤姆思索着,这时他感觉困意袭来。他是否已经知道自己到底是谁了呢?带着最后这个念头,他终于入睡了,耳边再次响起那条路问过他的话:"你是谁?"

第三十五章

这个人发现自己身处一片空地。他想不起自己是怎么来到这儿的,但他感觉自己来对地方了。他渐渐回忆起来了,自己是在看到棱镜金字塔拱门上方的文字后,意识到指引他走到这一步的贝都因人是谁了。有一则上古语言写成的古老箴言——他终于回想起自己在拱门上读懂的含义——茵拉克希-阿拉金——你就是我,我就是你。这是一种对团结与个性的呼唤,普遍存在于多种文化和古代语言中。当他读完拱门上方的文字时,感觉自己仿佛听到了一首宇宙的音乐。

他凭直觉意识到,森林中的这片空地应该就是他漫长旅程的终点。他还是不记得自己是谁,也不知道自己叫什么。不过,他觉得这些其实都无关紧要,现在他感觉自己越来越耳聪目明了。他慢慢想起了自己来这里的真正原因。

"为了寻找一个你曾经知道但后来忘记的古老真相。"他听到那个熟悉的声音对自己说。他环顾四周,发现自己的毛驴站在森林的空地上。

"是的,我当时没悟出真相的含义,可我今天还是来了,就是想重新找到它,亲爱的科梅姆。"他对那个声音说道。他温和地看着空地上的毛驴,这个场景让他有一种似曾相识的感觉。

"我相信你会找到真相的。"突然,他听到一个更稚气的声音,在响亮而清晰地跟他说话。他转过身,看到一个少年同样站在空地上,满面春风地望着他。"你喜欢我的毛驴吗?"他惊讶地看着毛驴问道:"这是你的毛驴?""当然是啊,你早就知道啦。"少年有些吃惊地回答。

"跟我来吧,我去帮你找到真相。"少年跳上驴背后对他说道。两个人默默地走进了森林。他们看到了草地、河流、鲜花以及森林里的动物。他们经过湖光山色。这条小路似乎环绕着整个人类生活的世界。他们自始至终保持着沉默。然后,有蝴蝶在翩翩起舞。他曾经在出发的那片空地上见过蝴蝶，现在蝴蝶又出现在两人面前。蝴蝶在草地上飞舞着，风吹来了柔和的音乐，然后这个人看到了其他骑驴的少年。

"你终于来了，"其中一个少年说，"我们正要出发呢。""我马上就走。"少年对他们说。然后又对他说："我必须领着他们走，否则大家不能上路。他们不如我熟悉这片区域——还有我的驴，"少年指着等候的队伍继续说道，"不过，我既然答应帮你找到真相，我肯定会信守诺言的，就在这儿等我吧。"少年指着草地中央蝴蝶飞舞的地方。"在这儿坐下，拿好钢笔和这张纸。"少年一边说着，一边把纸和笔递给他，让他坐在草地中心。他都按照少年说的做了，但并不明白做这些是什么意思。他疑惑地看了看少年，发现少年已经骑上毛驴，走到了队伍的最前端。

"现在把你的真相都写下来！"少年对他喊道，与此同时，他带着其他少年骑着驴慢慢离开了这里。"我该怎么办？"他问道。"蝴蝶会带给你好运气。"少年笑了起来，随即消失在一棵树的后面。

他目送着远去的驴队,看了好一会儿,直到最后一头驴也不见了踪影。然后他开始写,记忆随着他在纸上写下的每一行文字纷至沓来。他在逐字逐句地书写时,内心深处感到异常充实,甚至没注意自己是如何写下那些古老真相的。

过了好长时间,他几乎写满了整张纸,这时他看到那支骑驴的队伍回到林间空地了,那个少年仍然排在最前面。当少年和毛驴重新站在他面前时,他刚好写完最后一个字。两人都笑了。

"现在我该做什么?"他指着这张纸问道,那上面已经写满了他的往事。"你要把这张纸藏到金字塔的最深处。"少年指着远处说道。此时,森林忽然在此处一分为二。然而,更让他目瞪口呆的是,就在森林分开的位置,他看到了正对着自己发出璀璨光芒的水晶。

"我该怎么做?"他继续问道。就在这时,金字塔的光芒变得越来越刺眼。"这样真相就不会消失了!"少年忽然朝他喊了起来,这也是他听到的最后一句话。随着光线越发明亮耀眼,他渐渐睁开了双眼,他意识到,自己这个梦即将结束。

第三十六章

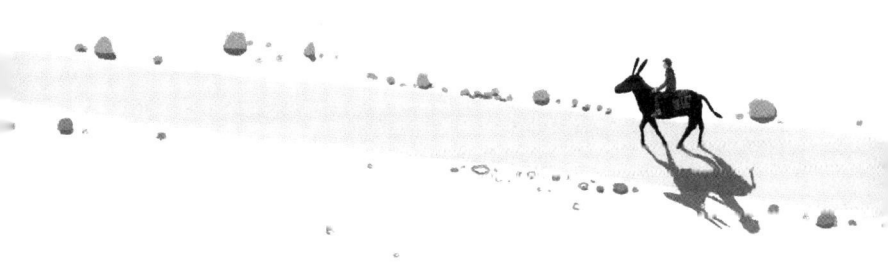

灿烂的正午阳光把汤姆从睡梦中唤醒了。他一睁开眼睛,就意识到自己现在是孤身一人。那个小个子男人早已无影无踪,汤姆刚想翻找自己的宝石小盒,忽然想起前一天晚上自己把它托付给了荷兰人。

他急匆匆地开始收拾行装,他已经迟到了。他和荷兰人原计划在旅馆共进早餐,但那个梦让汤姆睡得太久了。他做了个什么梦?除了想不起在森林草地上写了什么,他能清楚回想起一切细节,但对于那个"你是谁"的问题,这个梦并没有告诉他答案。如果他能想起自己在纸上写了什么就好了。他必须找回自己的水晶石。在梦中,他把真相藏在内心深处。所以水晶石一定知道这个答案,汤姆想。

虽然汤姆没能准时到旅馆,但他估计荷兰人肯定在等着他了。就像他们说好的,现在他们应该一起吃午饭了。

汤姆想把自己做的梦告诉荷兰人，然后再询问一下水晶石的情况。也许他们还可以一起试着去解开这个谜团，毕竟荷兰人似乎对神秘水晶也有一定的经验。最后，说不定他那颗红宝石还能帮忙解决问题呢。

不过，汤姆在旅馆没找到荷兰人。起初他没产生任何疑虑，因为是自己早上睡过头了，没能过来吃早餐。他心中疑惑的是，荷兰人早上没在旅馆见到自己，为什么没回营地找自己呢？说不定他以为汤姆已经去圣地亚哥-德孔波斯特拉了。

就在汤姆想离开旅馆的时候，那个小个子男人又出现了，他是来旅馆旁的井边灌水的。"其实我们真挺走运的。"他对汤姆说，但汤姆显然没明白这是什么意思。"要不是那个荷兰人自己忽然走了，我们就要跟这种人待在一个营地了。"小个子向目瞪口呆的汤姆解释道，"今天早上，我在旅馆吃早餐时，有人告诉我，这附近有一个荷兰人，经常冒充富家子弟，骗取朝圣者的信任，"汤姆听到这里，晴朗的心情骤然转阴。"然后他会哄骗那些可怜的家伙，让他们把值钱的财物托付给他,随后就溜之大吉。"汤姆立刻变得面无人色。"幸好他没留在我们营地,可能是你的猜疑吓跑了他。"小个子说,"其实,刚开始你的神态也让我很不舒服,可我又实在住不起旅馆。现在我很高兴你把他赶跑了,为此我要谢谢你。"说完这句话,小个子就上路了,因为已是中午时分,他想在今天完成这次旅程。

汤姆的心态崩了。他跌坐在旅馆前的台阶上,开始泣不成声。他又搞砸了一切,他又误解了试炼。更糟糕的是,在通过所有试炼之后,他竟然轻信了一个拙劣的小偷,甚至不顾一切地把自己珍藏的最宝贵的东西给了他。那块水晶石本应该指引他,但他现在永远也无法知道自己的梦想是什么了。没有了水晶石,他就再也找不到自己在梦中隐藏的真相了。汤姆想努力回忆起自己在梦中的草地上写了些什么,但他很快就意识到,在没有水晶石的情况下,自己什么也想不起来。这次疏忽大意让他犯了错,一切都完了。汤姆坐在距离目的地只有几公里的旅馆台阶上,感觉自己无法完成最后这段旅程了。

第三十七章

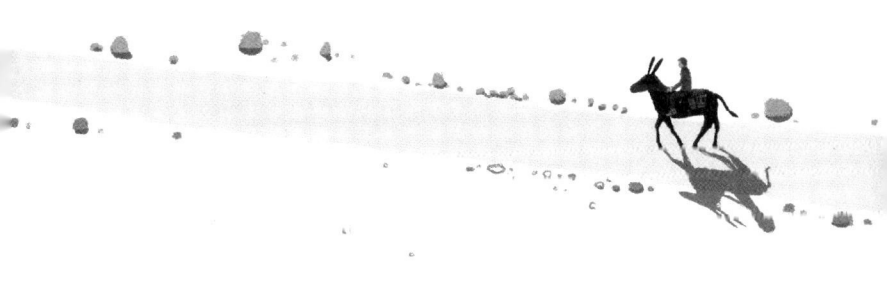

他就这样一直坐着,直到太阳逐渐西斜,黄昏即将到来。两个城里来的学徒工走进旅馆,准备在这里住宿。当他们走近汤姆坐着的台阶时,两人的聊天声吸引了汤姆的注意。

"多可怜的家伙,竟然真以为自己得到了一件神秘宝物。"汤姆听到其中一个人说,"珠宝店师傅一再向他说明那只不过是一块碎玻璃,那个人听完竟发起火来。""他起身离开时,是不是连宝物盒子都没拿?"他的同伴问道。"大概是因为师傅问了他一些敏感问题吧,这家伙一下子就慌了。"那人继续说道,"他可能是抢劫了某个倒霉的朝圣者,结果这蠢货实际上被一块碎玻璃给骗了。"说完,两个人忍不住放声大笑起来。

这段对话汤姆听得清清楚楚。他赶紧上前询问细节,期待能得到自己希望的结果。汤姆很想知道那家珠宝店在哪儿，两人便给他指了路。

那家珠宝店位于城郊。珠宝商正要关门，汤姆气喘吁吁地冲了进去。"我们已经下班了。"珠宝商说。汤姆马上问起小盒子的事："盒子还在你这儿吗？"珠宝商抬起头来，对他笑了笑。"原来这宝贝是你的。"他对汤姆说，随后从柜台下面取出一件东西。千真万确，这就是他的盒子，汤姆终于松了一口气。

不过，他很快就觉得这其中可能有某种误会，虽然盒子很明显是他的。"你认为我的宝石是块毫无价值的玻璃吗？"汤姆看着珠宝商问道。珠宝商忍不住再次微笑起来。"我只是用这个说法把那骗子赶走，"他笑着说，"如果你像我一样做这么多年生意，你一眼就能认出谁拿着偷来的赃物进店里。"他看了看汤姆，略作停顿后又补充说，"其实，谁真的拥有一块'翠玉石板'的碎片，是可以看出来的。"汤姆的眼睛瞬间睁得老大，他感到很惊讶。"这块小小的水晶石对我的精神世界非常重要。"他小心翼翼地说。他担心珠宝商可能会对宝石盒子漫天要价。"别担心，"珠宝商又对他笑了笑，"我可以还给你，不要任何回报。能拥有如此珍贵的神秘宝石的人，理应获得宇宙的所有帮助。"汤姆的内心波澜起伏，他一时想不出该说什么话。就在不久前，他还以为自己失去了一切，而现在命运把他推到了另一个人面前，此人看待心灵之石的观点，就跟他父亲一直以来对水晶石的看法一模一样。原来这个世界上确实存在着魔法。

汤姆竭力保持着镇定。"当然，这块水晶石的无形价值更为高昂，"珠宝商再次打破了沉默，"同时，它的有形价值也相当可观。"他微笑着补充道，同时也掩饰不住一种无言的喜悦。"那么，还需要我做点什么吗？"珠宝商又问他，不等汤姆回答，他又补充道，"因为——就像我说过的——我们已经下班了。"说完，他把装着水晶石的小盒子递给了汤姆，并陪他走到门口。当他们告别时，汤姆不禁有些热泪盈眶。他望着珠宝商，郑重地说道："谢谢你！谢谢你做的一切。"

第三十八章

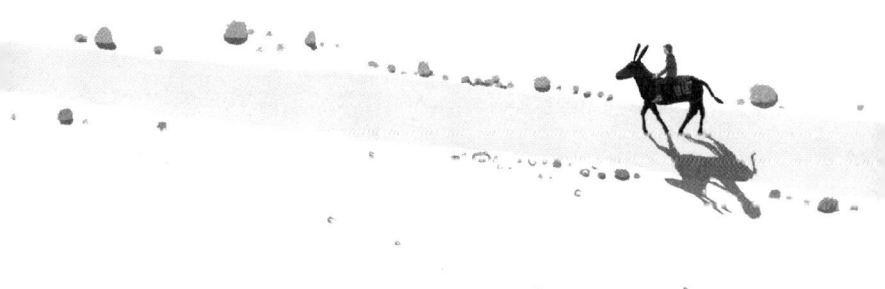

汤姆盯着自己的盒子,在珠宝店外站了一会儿。直到钟声响起,他才从沉思中被唤醒。傍晚时分的夕阳照耀在小城的街道上,把一切都染成了温暖的红色。这时汤姆才发现街上人潮汹涌,其中还有很多朝圣者。他拦住一个过路人问道:"请问你知道这座城市叫什么吗?我该怎么从这里去圣地亚哥-德孔波斯特拉?"那人惊异地看着他,随后开心地笑了起来,说道:"你第一个问题的答案已经把你带到目的地了。"看到汤姆仍一脸疑惑,那人又补充道:"你已经在圣地亚哥-德孔波斯特拉了。来吧,教堂的钟声已经响起,神圣的弥撒就要开始了。"

在恍惚之中,汤姆随着人群走进大广场。他一下子被这些快乐的灵魂感动了,他们都经历过长途跋涉,终于来到了目的地。广场上宏伟的大教堂让人叹为观止,朝圣之路的所有力量都汇集到了这座教堂。对汤姆来说，朝圣者带给教堂的能量仿佛闪耀着五颜六色的光芒，就像他梦中的金字塔一样。人群朝着教堂入口拥去，汤姆也随之走向教堂。这里就是旅程的终点。

他紧紧握着小盒子。就在他思考着如何通过最后的试炼，以及那个梦要告诉他什么时，他看到了一个人。在教堂大门口，解梦师就站在门旁，笑容满面。汤姆走过去站到了他面前。"很高兴再次见到你。"解梦师笑着说。汤姆默默地点点头。"这么说你做到了？"解梦师问道。"不，我差点把水晶石弄丢了，而且我还是没有弄懂我的梦想告诉我什么。"解梦师看着他，歪了歪头，朝他笑了笑，说："你很幸运，我正好擅长解梦。"

解梦师把汤姆带到一边，让他离开人群，他们坐进了教堂广场的一家咖啡馆里。汤姆向解梦师讲述了自己在圣雅各之路上的一系列经历，还讲述了荷兰人和珠宝商的故事，以及他是如何拿回水晶石的，并且他认为这块水晶石其实非常有价值，因为它来自"翠玉石板"。然后，汤姆又向解梦师描述了自己最后做的那个梦。全部说完之后，他满怀期待地看着解梦师。"现在，你能告诉我这些都意味着什么吗？我曾经知道但后来又忘了的真相是什么吗？那个少年让我写的纸上到底是什么内容？还有一个最重要的问题是：我——是——谁？"

解梦师盯着年轻人看了很久。从他在忘忧之地的柏树下见到这个年轻人的那一刻起，他就已知晓所有问题的答案。在沉默了许久之后——这对汤姆来说似乎是永恒的沉默——解梦师深深地吸了一口气，然后说道："现在应该是你给我奖赏的时候了。"

汤姆对解梦师的这句话感到有点不安，他早就忘了解梦师提供的服务并不是免费的。在忘忧之地，汤姆曾经答应过他，今后无论解梦师要什么都可以给他。这位智者早已预见到了这一切。他知道梦的寓意会逐渐显露出来，而汤姆肯定需要他的帮助。也许当树梢间的风声对解梦师喃喃低语时，柏树就已经告诉了他这一切。汤姆当时丝毫不担心支付这种对他来说一无所知的报酬。毕竟，他还以为自己可以独立掌控一切,谁知道会不会再需要解梦师的帮助呢。

然而随着时间的推移,两人之间发展出的友好关系让汤姆忘记了待付的报酬——而如今,解梦师正在索要这份报酬。

"你想要什么?"汤姆惴惴不安地问道。他用手摸索着小盒子,他担心解梦师觊觎自己的宝物。也许解梦师已经集齐了传说中的"翠玉石板"的其他碎片,而汤姆的水晶石正是他要收集的最后一块。汤姆忧心忡忡地紧握着装有水晶石的盒子,虽然他现在距离自己的人生目标已经很近了,但这块水晶石毕竟是父亲留下的唯一纪念品。因此,当汤姆看到老人指着他的口袋时,他的心跳瞬间停了一下。

"把盒子给我。"解梦师说。汤姆觉察到对方在用审视的目光凝视自己,老人竟然真的索要这块水晶石了。汤姆感觉自己仿佛被抛回了旅馆的台阶上,下午他曾坐在那里,为水晶石的丢失悲戚戚。"我都干了些什么?为了解开那些梦,竟然牺牲了自己的心灵之石,怎么能这样?"汤姆的脑海中突然灵光一闪。他真的必须把水晶石给解梦师吗？解梦师会不会像荷兰人一样骗他？他的解梦服务都完成了吗？毕竟，最后一个梦还没有解释清楚。"那你先告诉我最后那个梦的含义吧。"汤姆向解梦师提出要求。但对方反驳说："你得先给我那个盒子。"解梦师看出汤姆的内心在挣扎。汤姆过往的全部人生都凝聚在这个盒子里——那里面包含了他曾经拥有和珍爱的一切记忆、影像以及经历。

其实，汤姆知道解梦师说得有道理。在他为自己做过这一切之后，他肯定能够破译出汤姆最后这个梦，这是毫无疑义的。他当然也有权要求获得回报。以物换物，汤姆想，我给你，所以你也要给我——这是一条古老的法则。如果解梦师不想惹怒宇宙的话，就不能违反这条金科玉律。汤姆掏出小盒子，端详起来。解梦师温和地凝视着汤姆和他手里的盒子，盒子里面装着绿色的水晶石。

很多人都是在最后一次试炼前功亏一篑的，解梦师在心中暗想。他们都在追求自己的人生梦想，直到最终跌倒在一个平淡无奇的节骨眼上。现在正处于黎明前最黑暗的时刻。人们往往并没有珍惜宇宙赐予的信任，而是在即将抵达目标之前丢掉了这份信任。于是，此前所有的努力都白费了。他们始终未能看到太阳升起的那一刻，是他们自己失去了信念。

汤姆看着自己的小盒子，仍纠结不已。他已经学会了控制自己的思想，如今那些念头再也不能左右他了。这一刻，他全神贯注地沉思着。他闭上双眼，感受着水晶石盒子在手里的感觉。于是，所有承载着父亲的魔法影像在这一瞬间汇集而来，与汤姆融为一体，汤姆也与它们融为一体，他成为这个整体的一部分。"茵拉克希－阿拉金，你即是我，我即是另一个你"，这是汤姆现在用心灵之石再次看到的话语。他感受到了自己与世界的纽带，他觉得正是这种纽带将他与过去以及将来的时光紧密联系在一起，其中包括所有的影像和前尘往事，包括他在旅途中遇到的所有人；还包括忘忧之地的老妇人和客栈老板，庄园主和他的女儿，甚至包括那个荷兰人以及来自东方的小个子男人，还有那两个学徒工和珠宝商，当然还包括解梦师。在这一刻，他还感受到了自己与其他事物的联系。汤姆感觉自己跟父亲从来没有分开过。此时此刻，他甚至能感觉到父亲的存在。他仿佛看到了父亲的样子，看到了他如何生活。父亲的生活向他敞开了怀抱，仿佛那也是他自己的生活。这时，汤姆终于意识到，自己就是宇宙的一部分，宇宙就存在于自己的身体里。不用水晶石提醒了，他悟出了这一切。

汤姆平静地睁开了眼睛。他亲切地望着眼前这位智慧的老者，将对方索要的东西递给了他。在汤姆交出小盒的那一瞬间，他感觉到了一种从未有过的平静，那种平静仿佛蔓延到了整个世界。他周围的一切都变得明亮又安静。

解梦师高兴得无以复加。他接过盒子就打开了，朝里面端详了片刻，然后莞尔一笑。最后这个试炼总算结束了，这跟他当初预测的一模一样。当他和汤姆站在山巅柏树下的时候，风声曾告诉他一个新的奇迹即将发生——唯有从内心最深处坚信此事的人才能完成这次试炼。

让汤姆备感惊讶的是，解梦师随即就把打开的盒子还给了他。难道里面没有他期望的东西吗？"让我看看你在水晶石下面藏了什么，这就是我所要的报酬。"汤姆没听明白。他还记得自己做过的梦，但就是想不起在少年的要求下写了些什么。难道解梦师不该向他解释清楚吗？汤姆的视线落在盒子里。他脑海里有过一闪念，担心盒子可能已经空了，然而，那块绿色水晶石仍在闪耀着光芒。

那天，他是在父亲的床边发现这个盒子的，因此他担心自己一旦触摸了水晶石，可能就会毁掉这份记忆。也许，哪怕只是轻微的一碰，都可能抹去他当年握住石头的童年记忆。后来，他还割伤了自己，这也许是在警告他应该把水晶石留在盒子里。至于他曾经在少女胡安妮塔死后强行拿出水晶石的那次尝试，更是让自己陷入了悲惨境地，那可真是一段不堪回首的可怕记忆。

然而现在，汤姆慢慢地、很自然地拿起了水晶石。水晶石的魔力早已传给了汤姆，现在它只是一块美丽的石头而已，汤姆再也不用害怕了。他仔细观察那闪耀的光芒，这才注意到盒子里还有别的东西。盒底有一张折叠的小纸条，看样子是多年前放进去的。汤姆把纸条从盒子里拿出来，发现纸条已经泛黄，看上去非常古旧。汤姆察觉到解梦师在看着自己，便把手中的纸条递给了老人。这是他应得的报酬，汤姆无权查看。年迈的智者感激地接过纸条，展开后开始阅读。显然，纸条上写的内容触动了他。即使他作为一名解梦师，也极少有过这种体验。他感到自己读到这些话语时，仿佛有位少年的双手在轻轻抚摸他的灵魂。

"用心珍藏好这个。"智者说，同时把纸条还给了汤姆。汤姆又惊又喜。"我现在该做什么？"他还以为解梦师会保留这张纸条，或者向他揭示其中的含义。"和过去一样，这应该由你自己决定。你已经付过报酬了，你已经向我展示了我要求的一切。"

汤姆端详着这张纸条——它肯定是古时候写成的。说不定这是"翠玉石板"的抄件吧？也就是汤姆始终保存着一块碎片的那个石板。他还没开始仔细读纸条上的内容，智者再次对他说："我还有一个小小的请求——如果你能满足我的话。"汤姆听到这句话，赶紧示意他继续说下去。

"把你学到的东西传播出去。我在人世间的日子屈指可数了。但是,'世界之魂'始终需要有人为其他探索者指明方向。"

尾声

汤姆合上了这本书,他花了很长时间才把这一切写下来。现在,他的内心平静如水,他端坐在花园里,静听小鸟的啾鸣。他仿佛又经历了这一切:阿拉金和他的毛驴在永恒沙漠中的故事,一个关于"自我"的故事,当一个人开始寻找人生意义时,首先必须摆脱所有的思想。对于那些可能让人注意力分散、误入歧途的杂乱思想,如果不能像阿拉金一开始所做的那样加以掌控,很有可能会被引入深渊。正是这一刻的停留拯救了阿拉金,而这是任何人开始寻找个人存在意义的第一前提。

在寻找过程中,如果四处徘徊——就像阿拉金在沙漠中那样——显然也是无济于事的。在探寻具体目标时,则需要一次次将自我抛回原点,就像阿拉金那样,发现自己跟毛驴总是会回到出发点的那棵棕榈树下,日复一日。只有学会放手，保持自我，终有一天能找到自己的目标，让自己进一步认清这条路。因此，阿拉金只有在认清自己无须寻找走出沙漠的道路时，才能悟出生活的意义只能自己呈现出来。他必须深入自己的内心世界，才能找到一个在童年时代就已知晓的答案。生活中唯一的出路就是追随自己的内心，虽然有时候很难做到这一点。只有少年时代的自己能让他回想起这个真相。对汤姆来说，悟出这个真相既容易——就像骑驴一样轻松——又困难——就像如今的他想当好成年人一样。当然，这个过程完全不必如此。

这些话也许就是父亲一直想叮嘱他的吧。这可不仅仅是汤姆当初拼命寻找的答案，因为答案就隐藏于汤姆的亲身经历之中，以及在解梦师消失很久之后他才读的那张纸条上。汤姆莞尔一笑，他什么都想起来了。若干年后，等他有了自己的孩子，他晚上会去宝宝的房间，给他们讲故事。一个关于骑驴少年的故事。